水孩子

新课标文库——青少年经典大阅读

[英] 查尔斯·金斯莱 著

张炽恒 译

中原出版传媒集团
中原传媒股份公司

海燕出版社

图书在版编目(CIP)数据

水孩子 /(英)查尔斯·金斯莱著；张炽恒译. —郑州：海燕出版社，2018.9（2020.8 重印）
（新课标文库：青少年经典大阅读）
ISBN 978-7-5350-7116-3

Ⅰ.①水… Ⅱ.①查…②张… Ⅲ.①童话—英国—近代 Ⅳ.①I561.88

中国版本图书馆 CIP 数据核字（2018）第 185092 号

本丛书主要编写人员：
李哲峰　高级教师，首都师范大学国学教育学院特聘教育专家
熊纪涛　高级教师，华中师范大学特聘研究员
李记才　一级教师，河南省中考试题研究、命题专家
黎　军　高级教师，陕西省作家协会会员
张贵斌　高级教师，全国优秀教师

出 版 人：黄天奇		责任编辑：高　天	
选题策划：李道魁		美术编辑：韩　青	
项目统筹：韩　青		责任校对：刘学武	

出版发行：海燕出版社
　　　　　（郑州市郑东新区祥盛街 27 号　邮政编码 450016）
发行热线：400 659 7013
经　　销：全国新华书店
印　　刷：肥城新华印刷有限公司
开　　本：16 开（787 毫米 ×1092 毫米）
印　　张：10
字　　数：140 千
版　　次：2018 年 9 月第 1 版
印　　次：2020 年 8 月第 2 次印刷
定　　价：24.00 元

目 录
CONTENTS

导　读	001
前任务群	003
第 01 章	005
第 02 章	026
第 03 章	041
第 04 章	061
第 05 章	075
第 06 章	092
第 07 章	107
第 08 章	124
道德教训	148
后任务群	150
赏　析	151

导 读

水孩子的奇幻之旅

杨 磊　张贵斌

　　有一个小男孩，又热又渴，还想让自己干净些，居然一头钻进清凉的河水中睡着了。一觉醒来，他发现自己像条小鱼在河里游着，脖子上长着一圈鳃，身体小到只有10厘米长，他变成了水陆两栖的水孩子！这是怎么回事呢？他在水里有哪些奇遇呢？你是不是特别想知道答案？快快翻开《水孩子》吧，它会告诉你更多精彩神奇的内容！

　　这是英国作家查尔斯·金斯莱为自己孩子写的一本童话书，一百多年来一直深受各国读者的喜爱。童话里的小主人公汤姆从一个扫烟囱的孩子变成水孩子，并在仙女的感化、教育和引导下闯荡大千世界，经历各种奇遇，克服性格缺陷，最后成为一个热爱真理、正直、勇敢的男子汉。

　　这个奇特的故事，描绘了一片充满童趣的幻想天地。在阅读时，你可以把自己当成汤姆，跟他一起害怕、开心，一起改变。这样读起来更有意思！本书就像是一张寻宝的地图，每一站你都会有新的发现。有这么多未知的宝藏等待着自己去发掘，这阅读的旅程该是多么奇妙啊！

　　第一章，小男孩汤姆自幼失去双亲，被他的师傅格林姆雇用，整天在烟囱里爬上爬下，清扫烟尘。他受尽师傅的虐待，仍然无忧无虑，十分快活。然而，清扫烟囱时，汤姆迷路误入庄园主小女儿艾莉的卧室里。仆人们以为他是盗贼，都朝他追去。第二章，在仙女的暗中保护下，汤姆横越荒野，爬下悬崖，逃到一个村子里。真惊险！侥幸逃脱的汤姆疲惫不堪，发起了高烧。迷糊中他跳进了一条清澈的河里。他的躯体被水淹没，但他并没有死，而是变成了一个身材小巧、两栖的水孩子。这真是个不可思议的转变！

　　这本书的内容很精彩。你可以边读边揣测故事的发展方向。此时的你就是作家，按照你的想法把故事继续下去吧！比如第三章，成为水孩子的汤姆开始独自在水中生活，同水中的各种动物打交道，他又会遭遇什么呢？第七章，汤姆能找到传说中的世外奇境，完成仙女赋予的使命吗？爱动脑筋的你肯定能想出好办法，和作者比一比谁的想象更奇特吧！这段奇遇虽然困难重重，但美好处处都在！读到有意思或有感触的地方，可以在书的空白处用几个词语或一两句话简要地写下自己的想法。如果有疑问，也可以在旁边标记问号，回头再仔细读读、想想。

在善良的仙女的指引下，汤姆学会了和别人友善相处，并且靠自己的勇气和智慧克服了重重困难，拯救了落魄的师傅，成了能够设计铁路、蒸汽机、电报、步枪等的大科学家，故事在温馨美好中结束了。读完全书，回过头来再想一想，汤姆是怎样一点点改变自己的？哪些内容令你印象深刻？可以再好好地读一读。也许第一次读的时候你被紧凑、曲折的情节吸引，马不停蹄地看完了全书，这次你可以换个角度，仔细地品味书中奇特的想象，去发现作者笔下丰富奇妙的动物世界：用牙齿造砖的小动物、包裹在粉红色薄膜里的石蛾、蜕去丑陋外壳在阳光下变得健壮美丽的蜻蜓……还可以想想：作者对废纸国、胡乱饭菜山、糖果糕点地、头无托底子岛等地生活的描述中蕴藏了什么含义；作者用什么方法把故事讲得这么精彩、这么吸引人……书中有一些有深度的话，如"一个人有能力的时候，是必须做一些好事来向朋友表示友好的。""事情过去了，就一去不复返；人们永远不可能再回到小时候……人只能活一次。"要想一想这些话说得对不对，是不是对自己有帮助。如果每一次阅读都会有不同的发现，相信读完这本书，你定会满载而归，收获良多！

还等什么？快快翻开书，开启你的探寻之旅吧！

前任务群

1. 《水孩子》讲述了一场充满爱与勇气的奇妙冒险。试着选出两三个章节，给它们拟个题目，更详细地概括内容。

2. 汤姆、艾莉、格林姆都经历了奇妙的旅程，他们分别有什么特点呢？为他们做个简易的卡牌吧：画个头像，配上简短的句子介绍他们。

3. 圣布伦丹的仙女岛是仙女和许多水孩子的住处，在那里汤姆和他们之间发生了什么事情？这些事情对汤姆有什么影响？

4. 汤姆要去寻找世外奇境，并要把格林姆改造成一个好人。读书的时候，根据汤姆的经历，画一张简易的行踪地图吧，标注出他经历的事情。

给我的幼子
格伦威尔·亚瑟
和
其他所有的好孩子

来吧,读我所作的谜
每个好孩子
如果你读不懂
就不能长大成人

第 01 章

从前，有个扫烟囱的孩子①，名叫汤姆。这名字很短，以前你也一定听到过这样的名字，所以它很容易被记住。

汤姆住在英格兰北部一个大城市里，那儿有许多许多烟囱需要打扫，有许多许多钱等着汤姆去挣，挣给他的师傅花。他不会读书也不会写字，也压根儿想不到那上面去。他从来都不洗脸，因为他住的那个院子根本就没有水。没人教他做祷告，他只在一种话②里听说过上帝和基督。那是一种什么样的话？你们从来都没有听到过，要是他也没有听到过就好了。

他一半时间哭，一半时间笑。

他不得不爬进污黑的烟囱，磨破可怜的膝盖和胳膊肘；他眼睛里掉进烟灰，这种事每天都有；他师傅打他，这种事没一天没有；他吃不饱，这也是天天都有的事。这些时候，他就哭。

每天，有另一半时间，他和别的孩子玩掷硬币；或者玩跳背游戏，

---

① 在英国，烟囱大而弯曲；小孩子身体比较小，可以爬进去，在里面活动，过去人们训练一些穷苦小孩子爬到里面去做清除烟灰的工作。

② 指骂人的话。

一个人一个人地跳；如果看见马儿疾驰而过，就向马腿中间扔石子儿，这最后一种把戏才叫过瘾呢，只要附近有个墙垛让他躲在后面。这些时候，他就笑。什么扫烟囱啦，饿肚子啦，挨打啦，都像刮风下雨打雷一样，全被他当成了世界上本来就应该有的事情。他像个男子汉大丈夫一样硬着头皮挺过去，像他的老驴子对付冰雹一样，晃晃脑袋，仿佛什么事也没发生似的又高兴起来，想着好日子到来的那一天。

到时候他将长大成人，做扫烟囱的师傅，坐在酒店里，面前放着大杯的啤酒，嘴里叼着长长的烟斗，玩纸牌赢银币，身上是棉绒衣服，脚上是长筒靴，牵一条长着一只灰耳朵的白巴儿狗，口袋里装着小狗崽，一副男子汉的派头。而且他还要带徒弟，带那么一两个，或者三个，如果收得到的话。他要像师傅对待自己那样，以大欺小，揍得他们晕头转向。回家的时候，烟灰袋让他们扛。

而他呀，他将骑着驴子走在前头，嘴上叼着烟斗，纽扣上插一枝花儿，就像走在军队前面的国王一样。没错，好日子就要来的。而当他师傅让他喝干酒瓶里剩下的几滴酒时，他就觉得自己成了全镇最快乐的孩子。

一天，一个神气的小马夫骑马扬鞭来到汤姆住的那个院子。当时汤姆正躲在一堵墙后面，对着马腿举起了半截砖，这是他们那里欢迎陌生人的惯例。但是客人看到了他，跟他打听扫烟囱的格林姆先生住哪儿。格林姆先生便是汤姆的师傅。汤姆做生意精得很，对顾客总是很客气，他把手里的半截砖轻轻地丢在墙后，过去接生意。

原来小马夫是来要格林姆先生第二天早晨去约翰·哈索沃爵士庄园。爵士的烟囱需要打扫，而原来那个扫烟囱的进了监狱。小马夫说完就走了，汤姆没来得及问那人为什么坐牢，他自己也坐过一两次牢呢。

还有，那个小马夫看上去非常整洁。他打着褐色的绑腿，下身是褐色的马裤，上身是褐色的外套，还系着一条雪白的领带，领带上面别着一枚精巧的小别针；他的脸红扑扑的，干干净净。

这使汤姆觉得心里很不是滋味儿，憎恶起那小马夫的模样来。他心想，这是个傲慢无礼的蠢货，穿着别人给他买的时髦衣服摆臭架子。他走回墙

第 01 章

后,又捡起那半截砖,但是他并没有扔。他想起对方是来谈生意的,既然是这样,也就罢了。

来了个这样的新顾客,他师傅高兴坏了,立刻把汤姆打倒在地。那天晚上,他酒喝得特别多,比平时多两倍还不止,这样他第二天才能早早起床。因为,一个人醒来时头越是疼,就越是愿意出去呼吸新鲜空气。第二天早上四点起床后,他又把汤姆打倒在地,目的是为了教训他一下,就像年轻的少爷在公立学校受到的教训一样,好叫他今天特别乖一些。因为他们要去的是一家大户人家,只要他们让人家满意,就可以做成一笔好交易。

这些汤姆也想到了。即使师傅不打他,他也会乖乖地听话。因为哈索沃是世界上最美妙的地方,虽然他从来没有去过;而约翰爵士是世界上最可怕的人,他见过,因为两次送他去坐牢的正是约翰爵士。

即使在富丽的北国,哈索沃也算得上一块好地方了。它有一座大房子,在汤姆还有点儿记得的一次乱了套的骚乱中,惠灵顿公爵①的十万士兵和许多大炮安置在里面还非常宽余,至少汤姆相信是这样的。

它有一座花园,里面有许多鹿,汤姆认为鹿是喜欢吃小孩的妖怪。它有几英里②的禁猎场,格林姆先生和烧炭的小伙子有时进去偷猎,那几次机会让汤姆看到了雉鸡,他很想尝尝它们的滋味。那儿还有一条很有气派的河,河里有鲑鱼,格林姆先生和他的朋友很想偷些吃,可是那就得下到冰冷的河水里,这种苦差事他们可不肯干!

总之,哈索沃是块好地方,约翰爵士是个德高望重的老头儿,就连格林姆先生也一贯尊敬他。这不仅仅因为格林姆犯了法爵士可以把他关进监狱,而他每个礼拜总会干一两件犯法的事;也不仅仅因为周围好多英里的土地都是属于爵士的;而且因为约翰爵士是一切拥有一大群猎狗的绅士

---

① 惠灵顿公爵:英国将军,因在滑铁卢战役中打败拿破仑而闻名。
② 英里:英美制长度单位,1 英里等于 5280 英尺,合 1.6093 千米。

中最开朗、正直而通达的人。爵士认为怎样对待邻居好，就怎样做；认为什么对自己好，就能得到什么。

最主要的原因是，他体重一百公斤，他胸膛的宽度谁也说不准，他完全能够在公开的格斗中把格林姆先生摔出去老远，而在当地除了他没人能做到。但是，亲爱的孩子，世界上有许多事我们能够做，而且很想做，却是不应该做的。所以，如果约翰爵士把格林姆先生摔倒，就不对了。

因为上面说的那些原因，格林姆先生骑马经过镇子时，总是碰一下帽子，向约翰爵士行个礼，称他为"好汉子"，称他年纪尚小的女儿们为"漂亮的姑娘"。在北方，要得到这两个称呼可不容易。格林姆先生认为这样做是他对偷猎雉鸡的补偿。

我敢说，你们从来没有在盛夏凌晨三点钟起过床。有人倒是这么早起床的，因为他们想捉鲑鱼，或者想去攀登阿尔卑斯山；而更多的人则是像汤姆那样不得不起床。但是我向你们保证，盛夏凌晨三点钟是一天二十四小时、一年三百六十五天中最令人愉快的时辰。不过，我说不清人们为什么不在这个时间起床，大概他们故意把白天一样可以做的事情拖到晚上去做，损害他们的神经和气色吧。

汤姆的师傅昨晚七点去酒吧时，汤姆就上了床，像猪一样地睡了；所以呢，正像那些总是早早醒来，把女仆们叫醒的斗鸡一样，当先生太太们刚刚准备上床时，汤姆就起床了。

就这么着，他和师傅出发了。格林姆骑着驴子走在前面，汤姆扛着刷子跟在后面，走出院子，走上大街，经过关得紧紧的百叶窗、眼皮在打架的警察，以及在灰白的黎明中泛着灰白的光亮的屋顶。

他们走过矿工村，村里家家户户关着门，没有一点儿声音。他们穿过收税栅，然后，他们才真的来到乡间，沿着黑色的、满是灰尘的道路吃力地向前走。路两旁是黑幢幢的矿渣堆成的墙，除了远处矿机的呻吟和撞击声之外，听不到别的声音。

可是不久，路变白了，墙也变白了，墙脚下长着长长的草和美丽的花，湿漉漉地沾着露水。他们听到的不再是矿机的呻吟，而是云雀在高高的天空上做晨祷的歌唱,和斑鸠在芦苇丛中的鸣啭,那些斑鸠已经唱了一夜了。其余的一切都默不作声,因为大地老夫人还在沉睡。就像许多可爱的人一样,她显得比醒着时更加可爱。那些巨大的榆树,沉睡在金光和绿色交映的草地上,树下睡着奶牛。附近的云也在沉睡,它们很困了,就躺在大地上休息,在榆树的树干之间,在溪边赤杨树的树顶上,拉得长长的,白色的一小片一小片和一条一条的,等待太阳出来盼咐它们起床,在清澈的蓝天下忙碌一天的事情。

他们向前走啊走。汤姆看啊看,看个没完。因为他以前从来没有到过这么远的乡间,他多么想跨进一扇篱笆门,去摘金凤花,在树篱里寻找鸟巢;可是,格林姆先生是个生意人,这种事儿他是不会答应的。

不久,他们遇到了一个穷苦的爱尔兰女子,她背着一个包袱,头上包着一块灰头巾,穿着一条深红色的裙子,走路的样子很艰难。根据她的打扮,你可以断定她是盖尔威人。她没穿鞋,也没穿长筒袜。她好像累了,脚底磨坏了,走起路来一拐一拐的。可是她很高,很美,灰色的眼睛非常明亮,黑发披散在脸上。

格林姆先生看得入了迷,所以当他从她身边走过时,他招呼道:"这条路真难走,苦了您的嫩脚了。上来吧,坐在我后面怎么样?"

可是她似乎并不喜欢格林姆先生的模样和声音,因为她冷冷地答道:"不啦,谢谢你;我还是和你的小伙计一起走吧。"

"那就请便吧。"格林姆吼道,接着抽他的烟袋。

她和汤姆并排向前走,和他说话,问他住在什么地方,问他都知道些什么事情,还问他一些个人情况。汤姆心想,我还从来没有见过说话这么讨人喜爱的女子呢。最后她问他是不是做祈祷,他说他不知道任何祷文,她听了好像很难过。

接着,汤姆问她住在什么地方。她说她住在老远老远的海边。汤姆问她海是什么样的,她就给他讲,海是怎样地翻滚着,在冬天的夜里怎样拍打着岩石,在明媚夏日怎样静静地躺着,孩子们可以在海里洗澡和玩耍,还有其他一些事情。她说得汤姆恨不能立刻去海边,去看看大海,跟他们一样在海水里洗个澡。

终于，在一个山凹里，他们见到了一道泉水，那是一道真正的北国矿泉，就像西西里和希腊的矿泉一样。老异教徒们曾经幻想有各种女神在酷热的夏天坐在泉边纳凉，而牧羊人就在灌木丛后面，对他们吹奏牧笛。

汤姆他们看到的是一道很大的泉水，在矿石叠成的巉岩脚下，从一个小岩洞中向外冒。它涌动着，泛着泡沫，汩汩作响，清澈得使人分不清哪儿有水，哪儿没有水。泉水顺路而下，形成一道劲流，冲力大得推得动一座磨坊。它流过蓝色的天竺葵、金色的金梅草、野覆盆子，流过垂着雪绒的稠李。

格林姆停下来，看着泉水。汤姆也看着泉水，他充满了好奇心，想知道那黑乎乎的洞里有没有住着什么东西，那东西会不会在夜间飞出来，在草地上空飞来飞去。可是格林姆什么也不想，他一言不发地下了毛驴，翻过路边低矮的篱笆，跪在地上，把丑恶的头伸进水里，一下子就把泉水弄脏了。

汤姆尽可能快地摘着花，那个爱尔兰女子帮着他摘，并教他把花扎起来。他们俩很快就扎成了一个很漂亮的花束。但是汤姆看到师傅真的洗起脸来了，就停了手。他非常惊奇。

格林姆洗完了，晃晃脑袋，把水甩干。

汤姆说道："咦，师傅，我以前从来没见过你这样做。"

"很可能以后也不会了。我这样做不是为了干净，而是图个凉快。我才不会像那些一身煤灰的挖煤的毛头小伙子那样，每个礼拜去洗那么一次，那才丢人呢。"

"我想到泉边去把头浸一浸，"可怜的小汤姆说，"这一定像把头放在镇上抽水机喷出的水里一样好玩，这儿又没有差役来赶人走。"

"你过来，"格林姆说，"你干吗要洗？我昨天晚上喝了半加仑啤酒，你又没喝。"

"我不管。"淘气的汤姆说，他跑到泉边，洗起脸来。

刚才那个爱尔兰女子宁愿和汤姆做伴，就已经使格林姆非常不高兴了，于是，他叫骂着冲向汤姆，将他一把拎起来，开始打他。汤姆对此已经习以为常，他把头插在格林姆两腿中间，叫他打不着，并且拼命地踢他的胫骨。

"你不害臊吗，托马斯·格林姆？"爱尔兰女子在篱笆那边喊道。

格林姆抬起头来，很吃惊她竟然喊出了他的名字。可是他只是回答了一句："不，绝不。"他继续打汤姆。

"一点儿不错，如果你会害臊的话，你早就改过自新，到温德尔去了。"

"你知道温德尔的什么事情？"格林姆吼叫着，可是手已经停下。

"我知道温德尔，也知道你。比如，两年前的圣马丁节①前夜，在阿尔德麦矮树丛发生的事情，我也知道。"

"这个你也知道？"他丢下汤姆，翻过篱笆，站在那女子面前。汤姆以为他一定会殴打她，可是她正颜厉色地看着他，他哪里敢动手。

"对，我在场。"爱尔兰女子平静地说。

"听你的口气，你并不是什么爱尔兰女人。"格林姆说了许多脏话以后，这样说道。

"用不着打听我是谁，我看到了我所看到的一切。如果你再打那个男孩，我就会把我知道的事全讲出来。"

格林姆露出一副熊包样，上了驴，没有再敢多说。

"站住！"爱尔兰女子说道，"我还有一句话要对你们俩说。在一切结束以前，你们俩都会再见到我。想干净的人会干净，想脏臭的人会脏臭，记住。"

说完，她转过身去，穿过一个栅栏门，走进了草地。格林姆不出声地站了一会儿，像中了邪一样。接着他一边喊着："你回来！"一边追了上去。可是他走进草地时，她不在那儿。她躲起来了吗？草地上无处藏身。

---

① 圣马丁节：在每年的 11 月 11 日，纪念基督教圣徒圣马丁的节日。

格林姆四处张望，汤姆也寻找着，他和格林姆一样感到迷惑不解，她怎么一下子就不见了呢？他们找来找去，怎么也找不到。

格林姆一声不吭地回到路上，他有些害怕了。他上了驴子，装了一锅烟，狠命地抽着，不再去惹汤姆。

他们已经走出三英里多，来到了约翰爵士庄园的门房前。

那些门房非常气派，都有大铁门和大理石门柱。门柱上端都雕刻着龇牙咧嘴、长着角和尾巴的怪物。这些形象是约翰爵士的祖先在玫瑰战争①中使用在头盔上的；他们想得周到，敌人一看到这种怪样子的头盔，就会吓得争相逃命。

格林姆拉了下门铃，马上就出来一个管家打开门。

"主人吩咐我在这儿等你们，"他说，"你们最好一直走大道，回来的时候别让我在你们身上找到一只家兔或一只野兔。我告诉你，我会细细地搜。"

"要是在烟灰袋底，你就找不到啦。"格林姆说着，笑了起来。

管家也笑了，他说道："如果你是那种人的话，我最好还是陪着你去大厅。"

"我想你最好还是去。看守猎物是你的事，伙计，不是我的事。"

于是管家就和他们一道往前走去。汤姆惊讶地发现，一路上，管家和格林姆聊得很投机。他不知道，管家只是一个从外面进去的偷猎者，而偷猎的家伙也不过是一个从里面出来的管家。

他们走上一条菩提树大道，这段路足有一英里长。在菩提树的枝干中间，汤姆窥见一些熟睡着的鹿的角，它们竖立在羊齿草中间，他害怕得发起抖来。汤姆从来没有见过这么高的树，他一边看着它们，一边想，蓝天一定是歇在这些树的顶上的。

---

① 玫瑰战争：15世纪英国两个家族争夺王位的战争。

第 01 章

但是，一路上，不断地响着一种奇怪的嗡嗡声，这使他十分迷惑，最后他鼓起勇气，问管家那是什么。汤姆说起话来十分文雅，并且称呼他老爷，这是因为汤姆十分怕他。管家听了，心里乐滋滋的。他告诉汤姆，那是些在菩提树花丛中飞来飞去的蜜蜂。

"蜜蜂是什么？"汤姆问。

"蜜蜂是酿蜜的蜂。"

"蜜是什么？"汤姆问。

"闭嘴，别烦人。"格林姆说。

"别为难这孩子，"管家说，"这会儿，他还是个文雅的小家伙；要是他老跟着你，很快就会变坏的。"

格林姆大笑起来，他把这个看作是对他的恭维。

"我要是个管家多好啊，"汤姆说，"住在这么美丽的地方，像你一样，穿着绿色的天鹅绒制服，扣子上挂着个真正的犬哨。"

管家笑了，他够得上是个心地善良的家伙。

"有时候一个人要知足啊，小伙子，你的饭碗要比我的靠得住得多。是吗，格林姆先生？"

格林姆又大笑起来。两个人开始压低声音交谈着什么。可汤姆还是能听出，他们谈的是偷盗猎物的事。

最后，格林姆气呼呼地说："你有什么理由信不过我？"

"目前还没有。"

"等你有了再跟我说吧，我可是个正派人。"

说到这儿，他们俩都大笑起来，觉得这是个很好的玩笑。

这时，他们来到了那所房子的大铁门前。汤姆透过铁门向里面张望，他凝视着盛开的杜鹃花和石楠花，望着里面的房子，想着里面有多少烟囱，这房子造了多久了，造这些房子的人叫什么名字，他在这儿干活是否能挣很多钱。

这些问题每一个都很难回答，因为哈索沃已经建了九十次，并且有十九种不同的风格，仿佛有人建了整整一条街的房子，各种能够想象到的形状都有，再用勺子把它们搅和在一起了。

汤姆和他的师傅并没有像公爵或主教那样，从正门进去，而是绕了很长一段路，走到后面的一扇小门旁。一个倒煤灰的男仆把他们放进去，一边开门，一边样子很吓人地打着哈欠。

他们在过道里遇到了女管家，她穿着印花布长袍，花花绿绿的，汤姆误以为她就是女主人了。她严厉地命令格林姆"你当心这个，别碰坏那个"，好像来扫烟囱的不是汤姆，而是格林姆似的。

格林姆洗耳恭听，不时地压低声音对汤姆说："你记住了吗，你这个小讨饭的？"

汤姆留神听着，能记住多少就记住多少。

接着女管家把他们带进一个大房间，房间里所有东西上都罩着棕色的纸。她吩咐他们动手干活儿，声音大得吓人，而且非常傲慢。汤姆呜咽了一阵子，师傅踢了他一脚，他才走进壁炉，爬上烟囱。

这时候，有个女仆在屋子里看守家具。格林姆先生和她打趣，对她说恭维话，献殷勤，可是她爱理不理，让他很扫兴。

汤姆在这里扫了多少烟囱我也说不上来，他爬过一个又一个，累极了，也糊涂了，因为这里的烟囱道跟镇子里的不一样，他不习惯。不信你可以爬上去看看，你大概是不愿意爬上去的。

那种烟囱你可以在古老的乡村房屋里看到，又大又弯，改建过一次又一次，最后都连在一起了。因此，汤姆在烟囱里彻底迷了路。尽管里面漆黑一片，他并不十分着急，因为他在烟囱里就像鼹鼠在地洞里一样自在。最后，他沿着一个烟囱下来。他以为自己走对了，实际上却走错了。他发现自己站在一个房间的炉边地毯上，他从未到过这样的房间。

汤姆从来没有见过这样的景象。以往他到绅士们的房间去时，看到的总是地毯卷了起来，窗帘放了下来，家具乱七八糟堆在一起，上面罩着布，墙上的画都用围裙和抹布遮着。他老是想，这些房间要是布置好了供那些贵人起居会是什么样子。

现在他见到了，他觉得，眼前的景象是多么美妙啊。

第 01 章

　　房间里一片洁白。白色的窗帘,白色的床帷,白色的家具,白色的墙,有的地方有那么几条粉红色的线条。地毯上缀着各种颜色的小花,墙上挂着镶金框的画儿。汤姆觉得那些画好玩极了。画上有女士、先生、马、狗。他喜欢那些马,但对狗一点儿也不感兴趣,因为那些狗里面没有叭喇狗①,连条小猎狗也没有。但最让汤姆好奇的是两幅画儿。一张画儿上是一个男人,他穿着大礼服,周围是一些孩子和他们的妈妈,他把手放在孩子们的头上。

　　汤姆心想,这张画放在太太或小姐的房间里是很美的呀。他看得出,这房间里的摆设说明它是女子的房间。另一张画是一个男人被钉在十字架上②,汤姆看了很吃惊,他记得好像在商店橱窗里见过这样的画,这儿为什么也有呢?

　　"可怜的人,"汤姆想道,"他看上去多么仁慈和平静啊。那位女子为什么在自己房间里挂这么可怕的画儿呢?也许是她的亲人吧,在外地被野蛮人杀害了,她把画像挂着留个纪念。"汤姆感到伤心和害怕,转过脸去看别的东西。

　　他看到的下一件东西使他迷惑不解,那是一个脸盆架。上面放着热水瓶、脸盆、肥皂、刷子和毛巾,还有一个盛满清水的大浴盆。好大一堆东西啊,全是用来洗浴的!

　　"照我师傅的那一套,她一定是一位很脏的小姐,"汤姆心想,"否则要这么一大堆擦洗用具干什么。但她一定很狡猾,洗完后把脏东西都严严实实地藏起来了,因为房间里没有一点儿灰尘,连那条洁白的毛巾上也没有。"

　　接着他看到了床,看到了那位脏小姐——他惊讶得屏住了呼吸。

　　汤姆从来没见过这么美丽的小姑娘,她盖着雪白的被子,枕着雪白

---

① 叭喇狗:英文"bulldog"的音译,意为斗牛犬。
② 指耶稣基督受难图。

的枕头，她的脸颊像枕头一样白，头发像金线一样披散在床上。她也许和汤姆一样大，也许大一两岁。

可是汤姆想不到这个。他只是想着她细嫩的皮肤和金黄的头发，弄不清她究竟是个真人呢，还只是个商店里见过的那种蜡人。但是当他看到她呼吸时，他肯定了，她是个活人。他呆呆地凝视着，仿佛她是天使。

"不，她不会是个脏小姐，她从来没有弄脏过。"汤姆心想。接着他又想道，人洗过以后都是这样的吗？他看着自己的手腕，试着擦上面的灰。他不知道那些灰是不是能够擦掉，他想，如果我是像她那样长大的，看上去一定漂亮多了。

他四下望望，突然看见他身旁站着一个瘦小、丑陋、黑乎乎、破破烂烂的孩子，双眼蒙眬，龇着白牙。他愤怒地转过身去。这个小黑猴在这可爱的小姑娘房间里干吗？

他定定地看着，突然意识到，面前是一面镜子，镜子里正是他自己，汤姆从来没有见过自己的这副样子。

汤姆生平第一次发现自己很脏。他又羞又怒，眼泪涌了上来。他转过身去，想悄悄地再爬进烟囱，躲起来。这一下，他打翻了炉子的护圈，碰掉了火钳。哗啦，叮叮当当，一阵响声，就像一万只疯狗尾巴上系着空罐头盒发出的声音一样。

那个洁白的小姑娘从床上惊跳起来。她一看到汤姆那样子，便像孔雀一样尖声喊叫。一个胖胖的老保姆立刻从隔壁房间冲进来，她看见汤姆，便以为他是盗贼，是来杀人放火的。这时汤姆还躺在壁炉的垫圈上，被她冲过来一把抓住了短上衣。但是他并没有被逮住。汤姆曾经好多次被警察抓住，又从警察手里逃脱。如果这一回笨得落在一个老妇人手里，他以后怎么有脸去见他的老朋友？他来回使劲儿，从那位善良女士的胳膊下挣脱，冲过房间，一眨眼工夫便从窗户里出去了。

他完全有胆子跳下楼去，但是没有这个必要。溜水管也是他的拿手好戏。有一次，他竟然沿着水管爬上了教堂的屋顶。他说自己是去掏老鸦蛋的，可警察却说他偷铅。他就坐在高处，坐到烈日当空的时候，再沿着另一根水管爬下来。警察只好回巡捕房去吃午饭。

不过，这一回，他并没有溜水管。

用不着。窗前铺满了一棵大树的枝叶。它长着大大的叶子，开着雪白的花朵。那些花有他的脑袋那么大，我猜大概是木兰花吧。可是汤姆却不知道这个，也顾不上去想。他像只猫一样沿着树溜了下来，穿过花园的草坪，翻过铁栅栏，进了大园子，向树林跑去。

老保姆被他甩在后面，在窗口尖叫着："杀人啦，放火啦。"

正在割草的花匠看见了汤姆，把镰刀一丢，却扎在自己的腿上，把小腿划了个口子，害得他后来在床上躺了一个礼拜。可是当时他一点儿也不觉得，急巴巴地去追汤姆了。

挤奶妇听到喧闹声，膝盖碰倒了盛奶罐，把它碰翻，奶全洒在地上，但她一跃而起，去抓汤姆了。

一个马夫正在马厩里为约翰爵士洗刷坐骑，一把没抓住马，自己却扭伤了脚，五分钟后成了瘸子，但他依然跑出去追汤姆了。

格林姆把烟灰袋弄翻在新铺砂石的院子里，把地上搞得一塌糊涂，但他撒腿便去追汤姆了。

年老的看门人慌里慌张地开门，却把他小马的下巴勾在大门的尖铁上，也许至今它还挂在那儿呢，可他还是拔腿去追汤姆了。

正在耕地的农夫把马丢在田头，一匹跳过篱笆，把另一匹马和犁什么的一股脑儿拽进沟渠里；可是他头也不回地去追汤姆了。

管家正从夹子里取黄鼠狼，不仅失手让他跑了，还夹住了自己的手指，可他还是蹦起来，跟在汤姆后面拼命追。唉，想想他先前说过的话和他的那副面孔，如果汤姆让他抓住的话，我真的要为汤姆难过了。

约翰爵士是个起床很早的绅士，这时正从书房的窗户往外看，看看保姆怎么啦；不料屋顶上落下的灰土掉进了眼睛里，后来他只好叫人去请医生，可当时他仍然去追汤姆了。

那爱尔兰女子正好上门乞讨，她一定是绕小路来的，她丢掉包袱，也去追汤姆了。

只有女主人没有去，因为她把脑袋伸出窗外时，头上的假发掉进了花园。她只好按铃，叫她的女仆不要声张，把它找回来。这么一来，她就没法子出去追。所以，她没有出场，也就不提她了。总之啊，庄园里从来不曾有过这么大的声音。即使在有几亩地碎玻璃和几吨碎花盆的温室里追杀狐狸，也不会弄出这么大的声响：喧哗声，吵嚷声，乱哄哄的叫闹声，大呼小叫的声音，响成一片。完全不顾体统，不顾秩序。

那一天，格林姆、挤奶妇、花匠、马夫、约翰爵士、看门人、农夫、管家和爱尔兰女子都在花园里奔跑着，叫着"抓贼"！以为汤姆的瘪口袋里装着价值至少一千英镑的钻石。就连喜鹊和鸫鸟也跟着他，叽叽呱呱地尖叫着，好像他是一只被猎人追杀的狐狸，大尾巴开始耷拉下来，快要不行了似的。

这时，可怜的汤姆赤着脚，蹚着水，像只小猩猩一样，从花园向树林方向逃去。

唉，可惜这时候没有一只大猩猩做他的爸爸，挺身而出，用一只爪子掏出花匠的内脏，用另一只爪子把挤奶妇撞到树上去，用第三只爪子抓破约翰爵士的头，同时用牙齿咬碎管家的脑袋，就像啃椰子果和铺路石子那般容易地把它啃碎！

汤姆从来不记得有过父亲，所以也不指望有一个，他只能指望自己照顾自己了；说到跑，他可以追着任何一辆公共马车跑两英里，给他一个铜币的赏钱就行了；他能够伸开手脚，像车轮一样转动身体，一连做十次侧翻跟着跑，那种本领可比你强多了。

所以，追捕他的人发现，要捉住他可不容易，我们当然希望他们捉不住他。

当然，汤姆向树林里奔过去了。他长这么大，还从来没有在森林里待过，可是他非常机灵，知道自己可以躲在灌木丛里或者爬上树去，这样做总要比待在空地上安全得多。要是他连这个都不会的话，就比老鼠和鲦鱼还要蠢了。

可是当他到了林子里时，才发现它和想象中的林子不大一样。他冲进一丛茂密的杜鹃花丛中，立刻发现自己掉进了一个陷阱：撑开的树枝缠住了他的胳膊和腿，刺痛了他的脸和肚子，弄得他只好紧闭眼睛。其实，闭不闭眼睛一个样，因为鼻子前面一英尺①远的东西他都看不清。

等他从杜鹃花丛中钻出来时，草丛和芦苇又绊了他一跤，还恶狠狠地划破了他可怜的小手指头；石榴树重重地、没头没脸地抽打他，仿佛他是伊顿公学②的公子哥儿。所有勇敢的孩子都会站出来说，这种鞭打是不公平的；荆棘把他绊倒，扎着他的小腿，好像它们长着鲨鱼的牙齿——荆棘都真像有这种牙齿。

"我得走出去，"汤姆想，"要不我就得在这儿待着，等到有人来帮我，那正是我害怕的事。"

可是怎么出去呢？这可是件难事。其实，要不是他的头突然撞在一堵墙上，我看他根本就出不去。那样他就会永远待在森林里，等到雄知更鸟用树叶把他埋起来了。

你要知道，把脑袋撞到墙上可不是一件好玩的事，尤其那堵墙已经很松，墙上堆着石头，一块有尖角的石头扎在你眉心上，让你眼前直冒金星。那些星星当然是很美丽的，可不幸的是它们在两万分之一秒内就消失了，而随之而来的痛苦却不会消失。汤姆就这样撞痛了脑袋，但他是个勇敢的孩子，根本就不当回事儿。他猜想，这片浓密的树丛大概就到此为止了，他像松鼠一样爬上墙头，翻了过去。

现在他出来了，眺望着大松鸡禁猎场，乡人们都把这个禁猎场叫作哈索沃狩猎地。欧石楠、沼泽和岩石向远处延伸，直到天际。

汤姆是一个很机灵的小家伙，像一头老伊克斯默牡鹿一样机灵，怎么会不是这样呢？虽然他只有十岁，但比大多数牡鹿岁数大；更何况，他有更多的智慧。

---

① 英尺：英美制长度单位，1英尺等于12英寸，合0.3048米。
② 伊顿公学：英国著名的贵族子弟学校。

他像牡鹿一样知道，如果他向后走一段，就可以把猎犬甩掉；所以翻过墙头以后他做的第一件事，就是突然来了一个一百八十度急转身，向右面跑了几乎半英里地。

于是，在墙内，约翰爵士、管家、看门人、花匠、农夫、挤奶妇和其他人以及他们的叫喊声，向着完全相反的方向去了，他们又追了半英里，把汤姆留在了离开一英里的墙外。汤姆听到林子里的叫喊声渐渐消失，快活地发出了冷笑。

终于，他来到一处斜坡前。他走到底，然后勇敢地转过身去，离开那堵墙，向沼泽地走去。他知道，他和敌人之间已经隔了一座小山，可以不被他们看见，放心向前走了。

可是，在他们中间，爱尔兰女子看见了汤姆的去向。

她一直走在他们的最前面，可是她走得不紧不慢。她轻快而优雅地向前走着，两只脚不停地换来换去，快得使你分不清究竟哪一只脚在前，哪一只脚在后。最后，所有人都问别人这奇怪的女子是谁，并且大家都觉得，还不如说她是汤姆的同伙，因为没有其他更好的解释。

当她走进那片人造林时，一下子就从他们的视野里消失了。他们再怎么看也看不到她，因为她轻轻地跟着汤姆翻过了墙。他向哪儿走，她也向哪儿走。约翰爵士和别的人再也没有见到过她。看不到她，也就把她忘了。

汤姆径直走进石楠地，穿越一片沼泽地。那沼泽地和你们家乡的沼泽地是一样的，只是那里到处是石头。他向前走去，可是沼泽地不是越来越平，而是越来越坑坑洼洼。但小汤姆还是能够慢慢地走过去，并且还有闲暇环顾这片奇怪的地方，对于汤姆来说，这仿佛是一个新世界。

他看到了一些大蜘蛛，他们背上有许多王冠形的和十字形的花纹。他们坐在网中央，一看见汤姆走过来，就立刻飞速地颤动蛛网，弄得他们几乎看不见了。

接着他看到了蜥蜴，有棕色的、灰色的、绿色的。他认为他们是蛇，会咬人，可是他们也一样害怕汤姆，一下子窜进石楠丛中去了。

第01章

在一块岩石底下,汤姆看到了一幕很美丽的景象。一只很大的、棕色的、尖鼻子的动物,尾巴尖上一撮白毛,身旁围着四五个脏乎乎的小崽儿。汤姆从来没有见过这么有趣的小家伙。她朝天躺着,打着滚儿,在明亮的阳光下,把四条腿和脖子、尾巴都伸展开来。那些小崽儿从她身上跳过来跳过去,绕着她转过去转过来,咬她的爪子,拖着她的尾巴转圈儿。看上去她好像觉得这样非常开心。

可是有个自私的小家伙离开伙伴,偷偷地溜走了。他来到一只死老鸦旁边,把老鸦拖走,藏了起来,那只老鸦几乎和他一般大小。这时他的其他小兄弟们都跟了过去,叫唤着。

这时,他们看见了汤姆,于是一齐跑回去,跳到狐狸太太身边。她嘴里叼着一只,其余的摇摇晃晃跟着她,进了一个黑乎乎的岩洞。这一幕就这样结束了。

接着,他受了一场惊吓。当他爬上一座沙崖的顶端时,呼扑扑、咯咯咯,一阵可怕的声音,不知什么东西从他面前扑过去了。他以为大地炸开了,世界末日到了。

汤姆紧闭着眼睛。可是他睁开眼睛一看,不过是一只老雄山鸡在沙土里洗澡,就像阿拉伯人一样,因为缺水。汤姆差一点儿踩着了他,他就像特别快车一样,哗啦啦地跳起来,丢下他的妻儿自个儿想办法去,像一个老胆小鬼一样,逃走了。

他一边跑,一边叫:"咕咕咕咯——杀人啦,抢劫啦,放火啦——咕咕咕咯——世界末日来啦——咯咯咯咕!"

他总是这样的:只要在比他的鼻子尖远一点儿的地方发生了什么事,他就以为世界末日到了。可是,就像这一年的八月十二日还没有到一样,世界末日并没有来。可是这只老雄山鸡确信不疑地认为,世界末日真的来了。

一小时以后,老雄山鸡回到了妻儿身边。他严肃地说:"咕咕咯,亲爱的,世界末日还没有来,可是我保证后天一定会来——咕。"可是这种话他妻子已经听过不知道多少遍,知道是怎么回事儿,并且知道他下面还要说些什么。况且,她是这个家庭的主妇,有七个孩子,每天要洗呀,喂呀,这就使她很现实,脾气也有些坏。所以她不耐烦地打断了他:"咯咯咯——去抓蜘蛛,去抓蜘蛛——去。"

接着汤姆走呀走呀,也不知道为什么,竟然很喜爱这一片辽阔而奇异的地方,喜欢它的清凉、新鲜而劲爽的空气。可是他爬上小山的时候,步子越来越慢了。因为地面实在是越来越坏了。

原先是那种柔软、富有弹性的荒草地,现在却是一大片铺满平滑的青石的原野,就像铺得很坏的道路一样。在石头之间,有着深深的裂缝,裂缝里长着荆棘。所以,他只好从一块石头跳到另一块石头上去,并不时地滑到石头之间。虽然他的小脚趾还算坚强,但也给刺破了。可是他还得继续向前走,向上走,漫无目的地走下去。

如果汤姆看到那个曾经和他同路的爱尔兰女子,此刻正在沼泽地后面跟着他,他会怎么想呢?可是,也许因为他极少往后看,也许她躲在岩石和小山冈后面不让他看见,他一直没有发现她,而她却能看见他。

他有些饿了,也有些渴了,他已经走了好长一段路啦。而且,太阳已经高高地升到天顶上,石头就像锅一样烫,空气则像硝窑上空的空气一样,跳着转圈儿舞。好像周围的一切都在颤抖,在刺目的阳光中融化。

可是他什么吃的也找不到,也没有什么可以喝。

荒草中长满了覆盆子和草莓,可是它们刚刚开花,因为这时候才是六月啊。至于水,谁能在石灰岩山顶上找到水呢?他不时经过一些又黑又深的喉咙一样的石洞,那些洞通到地下,好像是地下小人国房屋的烟囱一样。

他走过去的时候,不止一次听到在地下很深很深的地方,水在滴,在流,在叮咚乱蹦。他多么想下去,到水边润一润他干裂的嘴唇啊!可是,虽然他是个勇敢的扫烟囱的孩子,也不敢爬到这样的烟囱下面去。

于是他继续往前走,被太阳晒得有些头晕了才停下来歇一歇。他仿佛听到远处传来了教堂的钟声。

"啊!"他想,"有教堂的地方一定有屋子和人,说不定有人会给我吃点儿什么喝点儿什么的。"于是他又迈开脚步，去找教堂了。他相信自己清清楚楚地听到了钟声。

才走了一分多钟，他朝四周看看，又一次停下来，自言自语道："唉，世界是一个多么大的地方呀！"

确实如此，因为他从山顶上可以看到一切——有什么看不见呢？

在他后面，很远很低的地方是哈索沃、黑树林和闪光的鲑鱼河；在他左面，很远很低的地方，是镇子和煤矿的冒着浓烟的烟囱；很远很低的地方，河越来越宽，流入了闪光的大海，还有些小白点，那是船，它们躺在大海的怀抱里。

他的前方，像一张大地图一样，铺陈着大平原、农场和绿树掩映的村庄，它们仿佛就在他脚下。可是他并不糊涂，他很清楚地知道，它们离他还有好多英里呢。

他的右边，沼泽地接着沼泽地，小山连着小山，越来越模糊，终于融入了蓝天。

在他与那些沼泽地之间，真的，就在他脚下，躺着一样东西，他一看见就决意走过去。因为那正是一块他要找的地方啊。

那是一条很深很深、铺着绿茵和岩石的溪谷，它很窄，长满树木；可是透过树木，他可以看见，在离他几百英尺的地方，一道清澈的流水在闪光。

啊！下到那水边去，只要能到水边！接着，他看到了一间小农舍的屋顶，一个有着花台和苗圃的小花园。花园里有一个小红点在移动，它和苍蝇差不多大。汤姆仔细看了看，是一个穿着红裙子的妇女。啊，也许她会给他一点儿吃的东西。

教堂的钟声又响了。下边一定有个大村庄。是的，那边谁也认不出他，谁也不知道庄园那边发生了什么事。即使约翰爵士把全郡所有的警察都派来找他，消息也还不会传到那里；而他只要五分钟就可以到那里了。

汤姆的想法完全正确，追赶者的喊叫声没有传到那里，因为他自己还不知道，他已经来到距哈索沃十英里以外的最好的地方。可是他以为五分钟就可以到那儿并不现实,那村子离他还有一英里多路呢,在一千多英尺下方。

汤姆本来就是个勇敢的孩子,虽然他的脚很疼,又饿又渴,可他还是坚持走下去。这时,教堂的钟声更响了,使他觉得,这些钟声是在他自己的脑袋里响。那条河远远地,在下面汩汩地流,唱着这样的歌:

清澈又凉爽,清澈又凉爽,
流过欢笑的水滩和做梦的池塘,
凉爽又清澈,凉爽又清澈,
流过飞沫的河堰和闪亮的卵石。
在黑鸫鸟歌唱着的岩下,
在荡漾着教堂钟声、爬满常春藤的墙下,
无污的水,留待无污的人儿,
到我这儿来玩,来洗澡吧,母亲和孩儿。

腐臭又阴湿,腐臭又阴湿,
流过烟腾腾戴着污黑烟囱帽的城市,
阴湿又腐臭,阴湿又腐臭,
流过黏滑的堤岸和码头、阴沟,
越向前流,我就越变得黑暗,
越是富有,我就越变得下贱,
被罪恶玷污了的,谁敢和他玩儿?
离开我吧,快回去,母亲和孩儿。
强大而自由,强大而自由,
闸门打开了,我向大海奔流,
自由而强大,自由而强大,
我急匆匆地奔啊,水流在净化。
我奔向金色的沙滩、雀跃的沙洲,
纯洁的潮水在远方把我等候,

当我委身于浩瀚的汪洋一片，
像有罪的灵魂重获宽恕和赦免。
无污的水，留待无污的人儿，
到我这儿来玩，来洗澡吧，母亲和孩儿。

　　于是汤姆向下面走去。他并没有看见，那个爱尔兰女子跟在他后面走了下去。

第 02 章

汤姆看到那个地方的时候,它离他还有一英里路远,在他一千英尺以下的谷底呢。但是,汤姆却觉得它近在眼皮底下,似乎能够把一个小石子儿扔到那个在花园里除草的穿红裙子的妇人身上,或者扔到溪谷对面的岩石上。

溪谷的底部只有一块田那么大,它的一旁是那道奔腾的溪流。溪流上方,是灰色的巉岩、灰色的丘陵、灰色的石梯和灰色的荒野,陡峭地伸入天空。

那是一块清静安逸、富有而快乐的地方,是大地上一道深深的豁口。它太深、太偏僻了,连那些邪恶的妖怪也找不到它。

汤姆向下走的第一段路是三百英尺长的陡坡。在锉刀一样的粗砂岩中间,长满了刺人的欧石楠。对于汤姆可怜的小脚掌来说,这可不是一件让人开心的事儿。况且,他现在走路已经越来越不稳,他是跌跌撞撞地走完那段陡坡的。不过他仍然认为能够把一个石子儿扔到花园里。

接下来的三百英尺都是石灰石平台,一个下面挨着另一个,方方正正,好像乔治·怀特先生用尺子测量准确后再用凿子凿出来的一样。那上面没有长欧石楠,但是——

先是一个长满青草的小斜坡,上面覆盖着最美丽可爱的花朵、石玫瑰、虎耳草、茴香、紫苏和其他各种芳香的植物。

然后跌跌撞撞地从一个两英尺高的石灰石台阶上下来。

然后又是一些花和草。

然后跌跌撞撞地从一个一英尺高的台阶上下来。

然后又是一些花和草。有五十英尺长，路像屋顶的斜坡一样陡。

然后又是一个石头台阶，离他脚下有十英尺的距离；在下去之前，他只好让自己先停住，然后沿着边缘爬下去找一条石缝，因为如果他滚下去的话，他会直接栽到老妇人的花园里去，把她吓昏过去的。

他找到了一条很窄的、黑乎乎的石缝，里面长满了绿梗子的蕨草，就像挂在客厅里的花篮中的那种蕨草一样。他沿着这条缝爬下去，像他以前爬烟囱一样。然后又是一个青草斜坡，又是一个台阶，一个又一个。哦，天哪！我多么希望这一切快点结束，他也希望如此。不过他仍然认为自己能够把一个小石子儿扔到老妇人的花园里。

最后他来到了一排美丽的灌木前。白色的灌木条上长着硕大的叶片，那些叶子的背面是银色的，还有山白杨和橡树。它们的下方却是悬崖和巉岩、巉岩和悬崖，中间夹杂着大片的王冠蕨草和木蒿。

透过灌木，他能够看到那条闪闪发光的溪流，听到溪水流过白色的鹅卵石时所发出的淙淙的声音，他不知道，这一切仍然在三百英尺以下的地方呢。

也许，如果让你从那上面往下看，你会感到头昏，但是汤姆不会。他是一个勇敢的扫烟囱的小孩子。当他发觉自己来到一个高高的峭壁顶端的时候，他并没有坐在那儿哭，而是说道："啊，这才合我的胃口呢！"虽然，这时候他已经很累了。

他向下走去，走过树桩和石块，走过莎草和石尖，走过灌木丛和灯芯草，好像他生来就是一只快乐的小黑猿，不是两只脚而是四只脚似的。

他一直没有发现，那个爱尔兰女子始终在跟着他往下走。

现在，他已经累极了。火辣辣的太阳照在沼泽地上，几乎要把他晒干；而树木繁密的巉岩在散发着潮湿的热气，这更要他的命。

他终于来到了谷底；可是，瞧，这并不是谷底。从山上往下走的人常常会发现这种事。看哪，在巉岩的脚下，有一堆又一堆从上面掉落下来的石灰石，大大小小，各式各样，有的和你的脑袋大小差不多，有的有公共马车那么大；它们中间有许多洞，洞里长着甜津津的野蕨菜。

　　汤姆还没有完全从石堆中间穿过，就又完全暴露在火辣辣的太阳下面。然后，就像人们常常碰到的那样，根本来不及弄清楚是怎么一回事，他突然觉得自己垮——掉——了，垮掉了。

　　小人儿，你一生中会有几次垮掉的时候，这一点你要有心理准备。人人都是这样过来的，你也会有这样的生活经历，所以你要尽可能强壮健康。当你碰到这种事情时，你会感到非常难堪，我希望那一天会有一个忠诚强壮、没有垮掉的朋友在你身边。如果没有的话，你最好像可怜的汤姆那样，躺在跌倒的地方别动，等情况好些再说。

　　他不能走了。太阳火辣辣地照着，可是他却感到浑身发冷。他肚子里空空的，却感到想呕吐。在他和那所村舍之间，现在只有两百英尺平坦的牧场，但他走不过去。他能听到，溪水就在一田之隔的地方淙淙地响着，可是对于他来说，似乎相隔一百英里。

　　他躺在草地上，一动不动。不知什么时候，甲虫爬到了他身上，苍蝇停在了他鼻子上。我不知道，如果不是蚊虫同情他的话，他什么时候会再爬起来。

　　蚊子对着他的耳朵把喇叭吹得嗡嗡响，虫子在他手上和脸上找没有烟灰的地方到处啃。他们终于把他弄醒了，他摇摇晃晃地离开了那地方，翻过一堵矮墙，走上一条小路，来到村舍门前。

　　那是一座整齐清洁、漂亮可爱的村舍，园子用砍削过的紫杉木围起来，里面种着紫杉树。敞开的门里面传来嘈杂的声音，听上去就像知道明天的天气要热得烤死人的青蛙在叫一样——我不知道青蛙是怎么知道的，你也不知道，谁也不知道。

　　村舍的门上挂满了铁线莲和玫瑰，汤姆慢慢地来到敞开的门前，有些害怕地向里面张望。在空着的壁炉里，放着满满一锅香甜的草，壁炉旁边坐着一位老妇人。

这是一位最最慈祥的老妇人。她下身穿着一条红裙子，上身穿着一件短短的斜纹布睡衣，头上戴着一顶干净的白帽子，一条黑色的丝绸围巾从帽子后面围过来，系在她的下巴下面。她的脚边躺着一只猫，他可以当世界上所有猫的爷爷了。她对面的两条凳子上坐着十二个或十四个孩子。他们一个个都干干净净，丰满的小脸蛋像玫瑰一样红润。他们在乱哄哄、闹嚷嚷地学朗诵，叽叽喳喳响成了一片。

这是一座多么快乐的村舍啊：铺着干净光亮的石地板；墙上挂着内容很奇异的旧画；一只黑色的旧壁橱里放着亮闪闪的锡镴器皿和铜盘子；角落里有一只布谷鸟自鸣钟。汤姆刚到，这只钟就响了起来，这并不是汤姆的到来使它吃了一惊，而是正好到了十一点钟。

所有的孩子都盯着汤姆脏兮兮、黑乎乎的样子看，女孩子们哭了起来，男孩子们笑了起来，所有的孩子都极其无礼地用手指指他；但是汤姆太累了，管不了那么多。

"你是谁，你想干什么？"老妇人叫道，"扫烟囱的孩子！快走开，我这儿从来不让扫烟囱的人进来。"

"水。"可怜的小汤姆说，声音弱得几乎听不见。

"水？河里面多的是。"她尖声说。

"但是我去不了，我饿坏了、渴极了、累得快死了。"说完，汤姆就瘫倒在门前的台阶上，脑袋搁在了门柱上。

老妇人透过眼镜看了他一分钟、两分钟、三分钟，然后说道："他病了，孩子总归是孩子，管他是不是扫烟囱的。"

"水。"汤姆说。

"上帝原谅我！"她放下眼镜，站起身，走到汤姆跟前，"水对你没好处，我给你牛奶。"说完，她颤颤巍巍地走开，到另一个房间，拿来一杯牛奶和一小块面包。

汤姆一口气喝干了牛奶，仰起脸，恢复了一些力气。

"你从哪儿来？"老妇人问。

"沼泽地的那一边，那边。"汤姆向上指着天空说。

"哈索沃那边？翻过了刘斯威特峭壁？你能保证你不在说谎吗？"

"我为什么要说谎呢？"汤姆说，他把脑袋靠在门柱上。

"你怎么上去的？"

"我是从哈索沃庄园来的。"汤姆那么累，那么伤心，他没有心思也没有时间去编一套故事，所以他三言两语就把实情全讲了出来。

"上帝保佑小可怜儿！那么，你并没有偷东西？"

"没有。"

"上帝保佑你小小的心儿！我相信你没有偷。哦，上帝引导孩子，因为孩子是无辜的！从庄园出来，穿过哈索沃狩猎地，从刘斯威特峭壁上面下来！谁听说过这样的事？如果没有上帝的引导，怎么可能？你为什么不吃面包？"

"我吃不下。"

"这面包挺好，是我自己做的。"

"我吃不下。"汤姆说。他把脑袋支在膝盖上，然后问道："今天是礼拜天吗？"

"不是。嗯，你为什么这样问？"

"因为我听见响着礼拜天的教堂钟声。"

"上帝保佑你可爱的心儿！孩子病了。跟我来，我找个地方让你歇一歇。如果你稍微干净一点儿，看在上帝的分上，我会让你躺我自己的床的。跟我来吧。"

但是汤姆想站却站不起来，他太累了，脑子里晕晕乎乎的，她只好帮他一把，扶着他往前走。

她把他带到外屋，让他躺在芳香松软的干草和一张旧的小地毯上。她吩咐他好好睡一觉，消除路途疲劳。她还说，一个小时以后，放了学，她就来看他。然后她又走回了里屋，她想，汤姆很快就会熟睡的。

但是汤姆并没有睡着。相反，他以最奇异的方式翻来覆去，蹬腿踢脚；他觉得浑身燥热难受，只想到河里去凉快凉快，然后他半梦半醒地睡着了。

在梦中,他听到那个洁白的小姑娘向他嚷道:"哟,你太脏了,去洗一洗。"

然后,他又听到那个爱尔兰女子说道:"想干净的人会干净。"

接着,他又听到教堂的钟声在响,那么洪亮,离他那么近,以至他又一次确信不疑地认为,随便老妇人怎么说,今天是礼拜天。他要去教堂,看看里面是什么样。因为他没去过。这个可怜的小家伙,长这么大还从来没有到教堂里面去过。

但是人们是不会让他这样去的,像他这种满身烟灰,肮脏不堪的样子。他首先得到河里去洗一洗。他一遍又一遍地大声说:"我必须干净,我必须干净。"但是,他是在半醒半睡之中,并不知道自己说的话。

突然,他发觉自己不在外屋的干草上了,而是在草地中间,在路那边,眼前就是那条溪流,他继续说着:"我必须干净,我必须干净。"

他是在半睡半醒之间,自己走出来的。有的孩子身体不怎么好的时候,会在睡梦中从床上起来,在房间里走来走去,汤姆正是这样走出来的。但是他自己一点儿也不感到奇怪。他沿着小河的河岸向前走,在青草上躺下,看着清澈的石灰石河水。河底的每一颗鹅卵石都光亮清洁,而银色的小鳟鱼一看到汤姆那张黑乎乎的脸,立刻就吓得窜逃开去。他把手浸到水里,发觉它那么凉、那么凉、那么凉。他说道:"我将变成一条鱼,我将在水中游泳,我必须干净,我必须干净。"

于是他脱下了衣服,他脱得那么快,把衣服都撕坏了。它们本来就是非常破烂非常旧的衣服,太容易坏了。他把可怜的疼痛发烫的小脚放进水里,然后又让水淹到小腿;他浸入水中越深,他脑袋里的钟声就越响。

汤姆说:"啊,我得赶快洗洗干净,现在钟声已经非常非常响了,很快就会停止的,然后教堂的门就会关上,我就永远进不去了。"

他一直没有看见那爱尔兰女子,不过这一次她不是在他后面,而是在他前面。

在他到达河边之前,她已经走进凉爽清澈的溪水;头巾和裙子都从她身上飘走了。绿色的水草漂浮着,绕在她身上;水百合漂浮着,缠在她头上;溪水中的仙女从水底上来,用手臂架着她离开,沉入水中。因为，她是所有这些仙女的女王；也许，她还是更多的仙女的女王呢。"你到哪里去了？"她们问她。

"我去把病人们的枕头弄平，把甜美的梦吹入他们的耳朵；我打开了村舍的窗扉，把闷热浑浊的空气放出去；我劝说小孩子们远离传染热病的肮脏水沟和池塘；我尽可能帮助那些不愿意自己帮助自己的人。

"这些事都微不足道，但是我已经做得很累了。不过，我给你们带来了一个新的小弟弟，在回来的路上我一直在照顾他的安全。"

真好！又来了一个小弟弟，所有的仙女们都开心地笑了。

"但是，姑娘们，你们要记住，现在他还不能见你们，也不能知道你们在这儿。现在他还只是个野孩子，像动物一样，他必须向动物学习。所以，你们不要和他玩，不要和他说话，不要让他看见你们，只要不让他受到伤害就行了。"

因为不能和新来的小弟弟一起玩，仙女们都很不开心；但是，她们一向都很听话。

她们的女王顺着溪流漂下去了。她从哪里来，就到哪里去。但是，这一切汤姆一点儿也没有看见，也没有听见。也许，即便他看见或听见了，这个故事也不会有什么两样。

他那么热，那么渴，又恨不能立刻变干净；所以，他尽可能快地投到清澈凉爽的水里去了。

他入水还不到两分钟，就一下子睡着了。这是他一生中所进入的最最安静、最最喜悦、最最舒适的睡眠。他梦见了他清晨经过的绿草地、那些高大的榆树、熟睡的母牛；然后，他什么也梦不到了。

他进入这样快乐的睡眠的原因是非常简单的，但是还没有谁找出这个原因。很简单，仙女们使他睡着，把他带走了。

有些人认为，世界上根本没有什么仙女。嗯，也许真的没有。但是，我的小小伙子，这个世界很大，有许多地方给仙女们住，让人们见不到她们；当然，在合适的地方，还是可以见到她们的。

你知道，世界上最最美妙奇异的事物，正是那些谁也见不到的事物。

第 02 章

你的身体里面有生命,正是你身体里面的生命使你生长、行动和思考,但是你见不到这个生命;蒸汽发动机里有蒸汽,正是蒸汽使发动机转动,但是你见不到蒸汽。所以,世界上是可能有仙女的。无论如何,我们假装有仙女吧。有许多时候,我们不得不假装,这一次并不会是最后一次。不过,其实也并没有必要假装,必须有仙女,因为这是个童话故事;如果没有仙女,哪儿来童话故事呢?

你有没有看出这里面的逻辑?也许没有。所以呀,在许多这一类情节中,别去找什么逻辑。在你的胡子变白以前,你会听到的。

那位慈祥的老妇人在十二点钟放了学以后,回来看汤姆;但是汤姆不见了。她寻找他的脚印,但是地面很硬,看不出脚印。于是她很生气地走回里屋,她觉得小汤姆编了一套假话捉弄了她,假装生病,然后又逃走了。但是第二天她改变了对汤姆的看法。

这就又要说到约翰爵士了。他和其余一大帮人跑得透不过气来,把汤姆追丢掉以后,只好打道回府,那副样子别提多傻了。

当约翰爵士从保姆那儿了解到更多的情况以后,他们的样子就更傻了。

当他们从艾莉小姐,就是那个穿白衣服的小姑娘那儿,了解到事情的整个经过以后,他们都傻愣了眼。

艾莉小姐所看到的一切,就是一个可怜的、黑黑的、扫烟囱的小孩,呜呜咽咽地哭着跑过去,想重新爬回到烟囱里。当然,她吓坏了。但是,这就是事情的全部经过。

那个孩子并没有拿房间里的一针一线;从他沾满烟灰的脚印来看,在保姆去抓他以前,他从没有离开炉边地毯半步。这件事完全搞错了。所以,约翰爵士叫格林姆回家去;他许下诺言,如果格林姆好好地把那个小男孩带到他面前,不打孩子,并核实事情的真相,就给格林姆五先令。因为他和格林姆都认为,汤姆当然是回家去了。

但是那天晚上汤姆并没有回到格林姆先生那儿。格林姆就去了警察局,叫警察去找他,但是一点儿关于汤姆的消息也没有。至于汤姆已经穿过大沼泽地去了温德尔,是他们做梦也想不到的事,那就像让他们想象汤姆已经到月亮上去了一样。

所以，第二天格林姆先生又去哈索沃庄园的时候，一副愁眉苦脸的样子。

但是当他到达的时候，约翰爵士已经翻过小山，到很远的地方去了。格林姆先生只好整天坐在外屋仆人的门厅里，喝着烈性的麦酒，借酒浇愁。在约翰爵士回到庄园以前，他的愁早就被酒浇灭了。

因为好人约翰爵士那天一夜没有睡好，他对他的太太说："亲爱的，那孩子一定进了松鸡禁猎场，迷了路了；我对这孩子感到良心有愧，心头很沉重，可怜的小家伙。不过，我知道自己该怎么做。"所以，第二天凌晨五点钟他就起了床，洗了澡后，穿上猎装和打绑腿的高筒靴，走进牲口栏。他的模样正像一个优雅的英国老绅士，脸像玫瑰一样红，手像桌子一样结实，背像小公牛一样宽。

他吩咐他们牵上他打猎骑的矮种马，让管家跟在马后面，叮嘱那些猎人、第一个帮猎人赶狗的人、第二个帮猎人赶狗的人以及助理管家用皮带牵上猎狗。那是一条大猎狗，像小牛一样高，身体的颜色像沙石路，耳朵和鼻子的颜色像桃花心木，嗓门像教堂的钟一样响。

他们把猎狗带到汤姆逃进树林去的地方，猎狗提高了大嗓门，把他所知道的一切告诉他们。然后，猎狗把他们带到了汤姆爬上墙的地方，他们把墙推倒，全体跨了过去。然后，那条聪明的猎狗带着他们越过松鸡禁猎场，越过荒野，一步一步，非常慢地向前走。你知道，汤姆的气味已经是前一天的了，已经因为天热和干旱变得很淡。这正是有心计的老约翰爵士清晨五点钟就动身的原因。

最后，猎狗来到了刘斯威特峭壁的顶端，他停下来，吠叫着，仰起头看着他们的脸，好像在说："我告诉你们，他从这儿下去了！"

他们无法相信，汤姆竟然走了这么远；当他们看着那可怕的悬崖的时候，他们根本无法相信，汤姆竟然敢面对它。但是既然狗这么说，事情就是真的。"上帝饶恕我们！"约翰爵士说，"如果我们真的找到了他，他一定是躺在谷底。"

他用他的大手拍拍他结实的大腿，问道："谁愿意从刘斯威特峭壁下去，看看那孩子是否还活着？唉，要是我年轻二十岁，我一定亲自下去！"就像这个郡任何一个扫烟囱的人一样，如果他年轻二十岁，他真的会那么做。

然后，他说："谁要是把那孩子活着带上来交给我，我就给他二十英镑！"他说到做到，这是他一向的作风。

这一次，在这群人中，多了一个小小的马夫，这个小伙子真的是一个非常非常小的侍从；他就是骑马到那个大院里，叫汤姆他们去扫烟囱的那个小马夫。他说："二十英镑无所谓，如果只是为了那个可怜的孩子，我愿意到刘斯威特峭壁下面去。因为，他是爬到烟囱里去的孩子中讲话最有礼貌的小家伙。"

说完，他就到刘斯威特峭壁下面去了。在悬崖顶上，他是一个非常漂亮的马夫；在悬崖底下，他则是一个非常狼狈的马夫。因为他绑腿扯坏了；裤子裂开，屁股露了出来；夹克衫撕破了；背带拉断了；长筒靴开了口；帽子丢了；最糟糕的是，衬衫上的别针掉了，这是他非常引以为荣的东西，因为它是金的。

但是他连汤姆的一根头发也没有找到。

同时，约翰爵士和其余的人在绕路走，他们向右走了足足三英里路，再绕过来，到了温德尔，来到峭壁下面。

当他们来到老妇人的学校时，所有孩子都跑出来看。老妇人也出来了，当她看到约翰爵士的时候，她行了个很深的屈膝礼，因为她是他的一名佃户。

"喂，老太太，你好吗？"约翰爵士说。

"像你的背一样宽的祝福给你，哈索沃。"她不称他约翰爵士，只是叫他哈索沃，因为这是郡北的风俗，"欢迎来到温德尔，不过，在一年中的这个时候，你不是来猎狐狸的吧？"

"我在打猎，而且找的是奇怪的猎物。"他说。

"上帝保佑你的心。什么事情让你一大早就看上去那么伤心？"

"我在找一个迷路的孩子，一个扫烟囱的孩子，逃出来的。"

"哦，哈索沃，哈索沃，"她说，"你一直是一个正直的人，非常仁慈，如果我把他的消息告诉你，你不会伤害那可怜的小家伙吧？"

"不，不，老太太。我恐怕，我们从家里出来追他，完全是因为犯了一个糟糕的错误。猎狗追踪他到了刘斯威特峭壁，然后……"

听到这里，老太太忍不住放声大哭起来，打断了他的话："那么，他跟我讲的完全是真话，可怜的小乖乖！啊，第一个想法总是最正确的，一个人只要愿意听听自己的心怎么说，它就会引导你做正确的事。"说完这些，她把一切都告诉了约翰爵士。

"把狗带来，让他找。"约翰爵士只说了这么一句，牙关咬得紧紧的。

狗立刻被放了出去。他从村舍后面走开去，越过小路，穿过草地，跑进一小片赤杨树林；在一棵赤杨树的树根旁，他们找到了汤姆的衣服。这样，他们该知道的都知道了。

那么汤姆呢？

啊，现在要进入这个美妙的故事中最美妙的部分了。当汤姆醒来的时候，哦，他当然会醒来；孩子在睡足了对他们有益的一段时间之后，总是会醒来的。当他醒来的时候，他发现自己在溪水中游泳，身体只有四英寸[①]长，脖子周围长着一圈鳃；他去扯它们时，弄疼了自己，才发现那并不是花边饰带；他意识到它们是自己的一部分，最好别去动。

其实，仙女们已经把他变成了一个水孩子。

一个水孩子？你从来没有听说过水孩子？也许没有。这正是我要写这本书的原因。世界上有许多事情你从来没有听说过，其中有一大部分从前没有人听说过，还有许多将来也没有人会听说。

"水孩子这样的东西世界上是没有的。"

你怎么知道没有呢？你去那儿找过？如果你去那儿找过，没有找到也不能证明不存在。假设加斯先生在艾弗斯莱树林没有找到狐狸，这并不

[①] 英寸：英美制长度单位，1英寸等于1英尺的1/12，合2.54厘米。

能证明不存在狐狸这种东西。

"但是，如果有水孩子，至少有人捉到过一只吧？"

嗯，你怎么知道没有人捉到过呢？

"但是，他们如果捉到了，会把水孩子放在酒精瓶里，送到欧文教授①或休斯利教授②那儿去，看看他们怎么说。"

啊，我亲爱的小小伙子！正像你在这个故事结束之前会看到的那样，这种事情最终并没有发生。

事实上就是没有水孩子？有陆地上的孩子，为什么没有水中的孩子呢？不是有水耗子、水蝇、水蟋蟀、水蟹、水龟、水蝎子、水老虎和水猪、水猫和水狗吗？不是有海狮和海熊、海马和海象、海鼠和海刺猬、海剃刀和海笔、海梳子和海扇子吗？至于植物，不是有水草和水毛茛、水芹草等无穷无尽的东西？

绿蜉蝣、泥蛉和蜻蜓，小时候也是在水中生活的，等蜕皮以后才离开水；难道你连这一些也不知道？汤姆也是换了皮肤。既然水里的动物能不断地变成陆地上的动物，陆地上的动物为什么有时不能变成水里的动物呢？

既然低等动物的变化很奇妙，很难发现；为什么高等动物就不能发生更加奇妙、更加难以发现的变化呢？难道，人这万物之王、万物之花就不可以发生比其余一切生物更加美妙的变化吗？

对于大自然，在你知道得比欧文教授和休斯利教授加起来还要多得多之前，请不要对我说不会发生什么，也不要凭空说某样东西太不可思议了，不可能是真的。

我说这些话是很认真的吗？哦，不，亲爱的。你难道不知道这是一个童话故事吗？全是在说着玩，全是在假设，你一句话也不必相信，即使是真话。

---

① 欧文教授：英国解剖学家和动物学家。
② 休斯利教授：英国著名生物学家。

但是无论如何，汤姆身上发生了这种变化。所以，管家、马夫和约翰爵士犯了一个很大的错误。他们在水中找到了一个黑乎乎的东西，说它是汤姆的尸体，说汤姆已经被淹死了。他们很悲伤，至少约翰爵士很悲伤，其实这是毫无道理的。

他们完全错了。汤姆活得好好的，并且比以前任何时候都干净和快乐。你知道，仙女们把他洗干净了，在湍急的河水中彻底地给他洗了个澡。不仅他身上的脏东西，而且他的整个外皮和外壳都被完全洗掉了。

可爱的、小小的真汤姆被她们从里面洗了出来，游走了；就好比一只石蚕把宝石和丝绸做的茧弄破，仰着身子钻出来，划着水到岸边，在岸上蜕掉皮，变成小飞蛾飞走了，扇动着四片黄褐色的翅膀，悬着长长的腿，伸着长长的触须。

那些小飞蛾是些蠢家伙，如果你在夜里开着门，飞蛾们就会飞进来，扑到蜡烛的火焰里去。但愿汤姆是一个比较聪明的家伙，现在，他已经安全地离开他那沾满烟灰的旧壳子了。

但是好人约翰爵士弄不明白这一切，在他的头脑里，这就意味着汤姆已经被淹死了。他翻开汤姆壳子上的空口袋，发现里面没有珍珠、没有钱，除了三颗大理石石子儿、一颗系着线的铜纽扣以外，什么也没有。

这时候，约翰爵士做了他一生中第一件像是哭泣的事情；他非常痛苦地责备自己，其实他没有必要痛苦成这样。他哭了；当马夫的小伙子哭了；猎人哭了；老太太哭了；小姑娘哭了；挤奶妇哭了；老保姆哭了，因为这多少是她的错；夫人也哭了；但是管家没有哭，要知道，前一天早晨他在汤姆面前表现得多么好；格林姆也没有哭，因为约翰爵士给了他十英镑。他在一个礼拜之内就把这笔钱喝酒喝了个精光。

而那个小姑娘将整整一个礼拜不玩布娃娃，她永远忘不了可怜的小汤姆。

不久以后，在温德尔的教堂墓地里，爵士夫人给小汤姆竖了一个漂亮的小墓碑，在它下面埋着汤姆的壳子。溪谷里所有年老的居民都一个挨着一个，躺在一块块墓碑下面。

第 02 章

  每个礼拜天,那位老太太都在汤姆的墓碑前放上一个花环;后来,她实在太老了,再也不能摇摇晃晃地走到外面去;于是,那些小孩子就替她去放花环。

  她坐着纺织的时候,总是唱一首非常非常古老的歌,她把她织的东西叫作她的结婚礼服。孩子们都弄不明白她唱的是什么,但是他们对那支歌的喜爱却一点儿也不因此而减少,因为它非常美妙、非常悲伤,对于他们来说,这就够了。下面就是这首歌的歌词:

当整个世界还都年轻,小伙子,
所有的树木碧绿生光;
每一只傻鹅都是天鹅,小伙子,
每一位少女都是女王;
快为靴子和马儿叫好,小伙子,
跑出去满世界兜风转圈子:
年轻的血必须有它的渠道,小伙子,
每一条狗都有他得意的日子。

当整个世界变得年老,小伙子,
所有的树木都变得枯黄;
所有的运动都疲惫不堪,小伙子,
所有的车轮都破旧损伤;
请爬回家去找安身的地方,
同老弱病残的人待在一块儿:
上帝让你找到一张脸庞,
是大家年轻时你爱过的人儿。

  这就是那首歌的歌词,但是它们只是歌的身体;而歌的灵魂,就是亲爱的老妇人那甜美的脸庞和甜美的声音,还有她唱出的甜美的古老气氛,唉!那是些无法言喻的东西。

  最后,她实在太老了,天使们只好来把她带走;她们帮她穿上那件结婚礼服，载着她飞过哈索沃荒野，再往那边飞，飞往非常遥远的地方。而温德尔又来了一位新的女教师。

这些时候，汤姆一直在河水中游泳，他脖子上围着一圈漂亮的鳃环，像蚱蜢一样活蹦乱跳，像刚从海里游到淡水中的鲑鱼一样干净清爽。

现在，如果你不喜欢我的故事的话，就到教室里去学习乘法表吧，看看你是否更喜欢那东西。毫无疑问，有些人会那样做。对他们来说有多么不好，对我们来说就有多么好。有人说，世界是由各种各样的人组成的。

第 03 章

汤姆完全是两栖动物了。你不知道这是什么意思？那你最好就近去请教一下老师，他可能会非常敏捷地回答你，比如：

"两栖动物。两栖，amphibious，形容词，从两个希腊词演变而来——amphi：鱼；bios：兽。我们无知的祖先设想有一种动物是由鱼加兽合成的；因此，它像河马一样，在陆地上能活，在水中也能活。"

无论那是怎么一回事，汤姆现在是两栖动物了。而且更让人高兴的是，现在他已经很干净。他生平第一次感觉到，除了自己的身体，没有别的东西沾在身上是一件多么舒服的事。但是他只知道享受这种舒服，并不理解它，也不去想。就像你，享受你的生活和健康，却从来不去思考活着和健康意味着什么；也许，在很久以后，你才不得不去思考！

他一点儿也不记得自己以前很脏，其实，他把以前所有的麻烦全忘记了。什么受累、挨饿、挨打、被赶去扫黑乎乎的烟囱，等等，全都不记得了。自从那次甜美的睡眠以后，他忘记了他的师傅、哈索沃庄园、洁白的小姑娘……总之一句话，他忘记了以前生活中发生过的一切事情。

最让人高兴的是，他也忘记了所有从格林姆那儿，以及常和他一起玩的那些野孩子那儿学来的脏话。

当你来到这个世界，变成一个陆地上的孩子的时候，你什么也不记得；

你知道，这并没有什么奇怪。那么，他变成水孩子以后，什么也不记得了，这又有什么奇怪呢？

汤姆在水中非常快乐。在陆地世界的时候，他工作得太累、太苦了；而现在，作为补偿，在水中他将有很长、很长一段时间什么也不用做，天天放假。

现在，他什么也不用做，自由自在，自得其乐；在凉爽清澈的水世界里，有许多美丽可爱的事物等着他去看。在这个世界里，太阳永远不会太热，霜永远不会太冷。

他吃什么呢？也许是水芹，也许是水粥和水奶；陆地上的孩子不都是吃粥和奶这样的东西吗？但是我们对水里吃的东西连十分之一都不知道，所以，水孩子吃什么我们是答不上来的。

有时，他沿着河底满是砾石的光滑河道向前游，观看水蟋蟀在石头中间进进出出，就像陆地上的野兔一样；有时，他爬过突出的岩石，看到成千上万的矶鹞悬在天空上，每一只鸟都长着一个可爱的小脑袋和两条小腿，向周围张望着；有时，他钻进一个安静的角落，观察石蛾吃腐烂的草茎。石蛾那副贪馋的样子，就像你吃葡萄干布丁的时候一样。

他还看到石蛾吐丝造房子。她们都是想象力很丰富的女士，没有一个在两天里使用同一种材料。一位女士会先找到几块卵石，然后找一片绿水草把它们粘上，再找到一个贝壳，也把它粘上去。

可怜的贝壳是活着的，一点儿也不愿意被用来造房子；但是石蛾根本就不允许他提出一点点抗议，她很粗鲁，而且自私，就像人往往很自私一样。

她再粘上一片腐烂的小木片，然后是一块光滑的粉红色石头，等等。拼拼凑凑，大功告成，造出来的东西就像戏中小丑的外套。

然后，她找到一根比自己的身体长五倍的稻草，说道："啊哈！姐姐有尾巴，我也会有一根。"说完，她把它粘在背上，得意扬扬地开步走，其实，这样走路有多么不方便呀。

那根尾巴变成了那个池塘里石蛾引诱别人的最时髦的打扮，好像她们是在去年五朔节长池①的最前头似的。她们走路摇摇晃晃，屁股上翘着长长的稻草，不时绊到彼此的腿中间，摔到对方身上。这副丑态真是滑稽透了，惹得汤姆咯咯发笑，笑得眼泪都流了出来，就像我们一样。但是你知道，她们是对的，因为人必须得赶时髦。

有时他来到幽深的河段，在那儿，他见了水森林。如果你看到了，你会说，那不过是一些小水草。

但是你得记住，汤姆只有很小一点点，东西在他的眼里，要比在你的眼里大一百倍。好比一条鲦鱼在找食吃时能够看到的水里的小生物，你要在显微镜下面才能看得见。

在水森林里，他看到了水猴子和水松鼠。不过，他们都是六条腿。除了水蜥和水孩子以外，水里几乎所有动物都是六条腿。他们在树枝中间非常敏捷地奔来奔去。

水森林里也有花儿，成千上万朵的水花。汤姆想去摘它们，但是他的手刚碰到它们，它们就缩进去，变成一团黏糊糊的东西。这时，汤姆才发现，它们都是活的；各种形状、五颜六色的美丽铃铛、星星、轮子和花朵都是活的生物。它们都活着，而且像汤姆一样在忙自己的事。

这时汤姆才发现，原来，世界上的东西真是丰富多彩呀，比他第一眼看到时不知要多出多少。

还有一个奇妙的小家伙，他住在一个用圆砖造的房子里，从房顶上伸出脑袋向外面偷看。他有两个大轮子和一个小轮子，轮子上都是牙齿；这些齿轮旋转着，不停地旋转，就像打谷机里的轮子一样。

汤姆停下来盯着他看，想知道他会用自己的机器做什么。

你猜他会做什么，做砖头。他用两个大轮子把漂浮在水里的泥巴全扫到一起，把其中的好东西吃进肚子里去，把烂泥放进他胸前的小轮子里。

---

① 五朔节长池：指五朔节的游行队伍。五朔节，基督教重大节日之一，又称圣神降临节、降灵节。

小轮子其实就是一个安着牙齿的圆洞。他就在这个洞里把烂泥纺成一块干净、坚硬的圆砖。他把圆砖取出来，砌在他的房子的墙头上，然后着手做下一块砖。瞧，他难道不是一个聪明的小家伙吗？

汤姆就是这样认为的。他想和造砖者说话，但是他忙得不可开交，而且他很为自己的工作骄傲，根本不愿意睬汤姆。

你要知道，水里的所有动物都会说话，只不过他们说的话和我们不同。他们说的话很像马、狗、牛以及鸟互相交谈时说的话。汤姆不久就听懂了，并且能和他们交谈。所以，只要他是一个好孩子，就可以有非常要好的朋友。

但是我很难过地告诉你，他和别的小孩子太像了，非常喜欢追赶动物，同他们捣蛋。不为别的，只是闹着玩玩而已。有人说，孩子免不了这样，他们控制不住自己，这是天生的。

其实，不管是不是天生的，小孩子能够控制自己，而且应该控制自己。即使他们真的天生就像猴子，喜欢淘气，搞低级、有害的恶作剧，也并没有理由说，他们就应该像猴子，别的什么也不懂，尽管去搞恶作剧。所以，孩子们不应该折磨不会说话的动物；要知道，如果他们干了这种坏事，一定会来一个老太太，给他们应有的惩罚。

但是汤姆不知道这一点。他招惹、捉弄和欺负水里的可怜的小东西们，把他们折磨得很伤心。最后，他们都怕他了，远远地躲着他，或者躲到壳子里去。这样一来，就没有谁和他说话，也没有谁和他一起玩了。他成了一个不快乐的孩子。水里的仙女们看到了，心里当然很难过，很想把他找来，告诉他，他太淘气了。她们想教他学好，想和他一起玩、一起闹；但是女王不准她们这样做。

汤姆必须像其他许多愚蠢的人要经历的那样，通过刻骨铭心的教训，自己学会一切。虽然有许多仁慈的心一直在关心和怜悯他们，非常想教给他们一切；但是，那一切他们只能通过自学获得。

有一天，他终于找到了一只石蛾。他希望她从房子里伸出头来向外看，但是她的房门紧闭着。以前，他从来没有见过石蛾的房子有门；这一下，可真是给这个爱管闲事的小家伙行方便啦；他只要拉开门，看看那可怜的女士在里面做什么就行了。

多可耻！你是不是喜欢什么人破门而入，闯进你的卧室，看看你在床上时的尴尬模样？

汤姆就是这样把门弄成了碎片。那是一扇最美丽可爱的、加栅栏的门。它用丝做成，上面缀满了一块块亮闪闪的水晶。他向门里面看时，石蛾伸出了头。她的头已经变成了鸟头的形状。汤姆和她说话，但是她却不能回答。因为有一顶非常干净的粉红色新睡帽把她的嘴和脸包得紧紧的。

但是，如果说她没有回答的话，其他所有的石蛾都回答了。她们举起手，像《斯图威尔的彼得》①中的猫一样尖叫着："哦，你这个下流坏、讨厌鬼，又来捣蛋了！她正要躺下来休眠两个礼拜，不久她会长出无比美丽的翅膀，翩翩飞舞，产下很多很多的卵。现在，你弄破了她的门，她没法修了，因为她的嘴要绑上两个礼拜，她会死的。谁让你到这儿来烦我们，害我们，要我们的命的？"

汤姆游走了。他为自己感到非常害臊，但淘气的念头更强烈了。小孩子们做错了事，嘴上又不愿意承认时，就是这样的。

他来到了一个池塘，里面全是小鳟鱼。他去折腾他们，捉他们，他们从他的手指之间滑掉，吓得蹦出了水面。汤姆捉他们的时候，渐渐走近了一棵赤杨树的树根，树根下有一个很大的、黑洞洞的漩涡。一条巨大的棕黄色老鳟鱼从漩涡里冲了出来。他有汤姆的十倍那么大，向汤姆直冲过来，把汤姆吓得魂都掉了，我不知道他们俩谁吓得更厉害。

汤姆气呼呼、孤零零地走开了，这是他应得的惩罚。

在堤岸下边，他看到一个很丑、很脏的动物坐在那儿。他的身体大约只有汤姆的一半么大，有六条腿、一个大肚子，滑稽无比的脑袋上长着两只大眼睛，脸很像驴子。

---

① 《斯图威尔的彼得》：德国小人书，当时在欧洲各国孩子中间非常流行。

"哦，"汤姆说，"你是个丑家伙，没错！"

汤姆对他做鬼脸，把鼻子凑近他，像那种很粗野的孩子那样招呼他。

这时候，嘿，转眼之间！那张驴子脸一下子没了，突然伸出来一只长长的手臂，手臂上长着一副钳子，一下子就抓住了汤姆的鼻子。

这并没有怎么伤着汤姆，但是汤姆被紧紧地夹住了。

"哎呀！哦，放开我！"汤姆哭叫着。

"那你也放过我，"那动物说，"我想安静，我要裂开了。"

汤姆保证不再打扰他，他便放开了汤姆。

"你为什么要裂开？"汤姆问。

"因为我的哥哥姐姐都裂开，变成了有翅膀的美丽动物，所以我也想裂开。别和我说话。我觉得我就要裂开了。我要裂开了！"

汤姆静静地站在那儿，看着他。他膨胀，裂开，把身体伸直。

嘭，啪，砰！

他的背打开，然后向上裂开到脑袋。于是，他里面的身体出来了。那是一个纤细、优美、柔软的身体，像汤姆的身体一样柔软光滑，但是非常苍白虚弱，就像小孩子在一个黑暗的房间里病了很久那样。

他一边无力地移动着腿，一边有些害羞地看着自己，就像小姑娘第一次去舞厅时那样。然后，他慢慢地沿着一根草茎走上去，露出了水面。

汤姆非常惊讶，整个过程中他一句话也没有说，只是瞪大了眼睛看。他也浮上去，把头伸出水面，想看看接下来会发生什么。

那个动物坐在温暖明亮的阳光下。阳光使他全身发生了一种奇妙的变化。他变得强壮结实了，身上渐渐出现了各种最可爱的色彩：蓝的、黄的和黑的；圆点、条纹和圆圈；从他背上，伸出了四片长着亮晶晶的棕色纱网的大翅膀；他的眼睛变得很大，几乎长满了他整个的头，像一万颗钻石一样闪闪发光。

"哦，多漂亮呀！"汤姆说着，伸手去抓他。但是他盘旋着飞到空中，用翅膀平衡着在空中停留了一会儿，然后，停在了汤姆跟前不远的地方，一点儿也不害怕。

第03章

"不,"他说,"你捉不到我,现在我是一只蜻蜓了,是所有苍蝇的克星。我要在阳光下跳舞,在河面上空捉东西吃,捉蚊子,找一个像我一样漂亮的妻子。我知道我将做什么,啊哈!"

说完,他飞到空中去了。

"哦,回来,你回来,"汤姆叫道,"你这个漂亮的家伙!我没有人一起玩,我在这儿太孤单了。如果你愿意,你就回来吧,我再也不捉你了。"

"我才不去管你捉不捉我呢,"蜻蜓说,"你根本就捉不到我。不过,等我吃过午饭,再稍微看一下这个漂亮的地方以后,我会回来,跟你聊聊我旅途上看到的东西。哎呀!这是一棵多么大的树呀!树叶子这么大。"

那只是一棵大酸模草。但是你知道,蜻蜓从前只看到过很小的水草,像星星草、芒草和水毛茛之类的东西,从来没有见过真正的树。所以,酸模草在他的眼睛里就特别的大。另外,他很近视,鼻子跟前一英尺以外的东西就看不见。那些身体不及他一半大的许多小家伙们看得见东西的距离也并不比他短。

蜻蜓飞回来了。他和汤姆说了个没完没了。他对自己身上的色彩和大翅膀有些得意。但是你知道,在他的前半生中,他只是一个肮脏、丑陋、可怜的动物,所以,他这样自负是完全可以原谅的。

他非常喜欢讲自己在树上和草地上见到的美妙事物,汤姆也很乐意听他讲,因为自己完全忘记自己见过它们了。他们俩很快就成了一对非常要好的朋友。

我非常高兴地告诉你,那一天汤姆上了很有用的一课;从这以后,他有很长一段时间没有折磨动物了。那些石蛾对他也变得很温和了,常常给他讲奇妙的故事,比如她们造房子的方法,她们怎样换皮,最后变成长翅膀的飞蛾。听着听着,汤姆竟然也想有一天蜕了皮,像她们一样变成长翅膀的飞虫。

鳟鱼也和他亲近了。鳟鱼如果受到过恐吓和伤害,很快就会忘记的。汤姆常常和他们玩猎狗抓野兔的游戏,大家都玩得非常开心。他常常试着蹦出水面,就像阵雨到来前鳟鱼所做的那样,头朝下脚朝上来一个鱼跃;

但他从来没有做成功。

他最喜欢看鳟鱼浮上水面吃飞虫，那是他们在大橡树的影子下面巡游的时候。那儿常有甲虫啪的一声掉到水里，还有绿蟓蛉无缘无故地从树枝上拖着丝线挂下来，然后又同样无缘无故地改变他们愚蠢的念头，把丝一收，重新回到树上，再把丝卷成一个球，抓在爪子中间。

那是非常聪明的走钢丝演员玩的花样，布朗丁①和廖塔德②都做不出来。但是谁也说不出，绿蟓蛉他们为什么费那么大的事儿来这样做。因为布朗丁和廖塔德表演杂技是为了谋生；而绿蟓蛉并不能通过吊断脖子来维持生活。

当他们接触到水的时候，汤姆常常去抓他们。他还抓泥蛉、跳跳虫、公鸡尾巴蜉蝣和蜘蛛。那些虫子有黄色的、棕色的、紫红色的和灰色的。他把他们抓来送给他的鳟鱼朋友。这样做也许对飞虫他们不太仁慈；但是一个人有能力的时候，是必须做一些好事来向朋友表示友好的。

最后，他连飞虫也不抓了，因为他偶然地和一只飞虫混熟了，发现飞虫也是一个令人愉快的小家伙。

事情是这样发生的，我说的没有一句假话。

在七月份一个炎热的日子里，汤姆正浮在水面上，一边晒太阳，一边捉蜉蝣给鳟鱼吃。这时候，他看到了一种新飞虫，一个长着棕色脑袋和深灰色身体的家伙。

其实那是个很小的家伙，但是他对自己极为重视，就像人们应该做的那样。他昂起头，翘起翅膀，竖起尾巴，并且支棱着尾巴尖上的两把小刷子；总之，他是所有小小伙子中最神气的小小伙子。事实证明他不愧为最神气的，因为他不但没有逃走，反而跳到汤姆的手指上，像九尾精一样勇敢地坐在上面。

---

① 布朗丁：法国杂技演员，擅长走钢丝。他曾数次走钢丝跨越北美尼亚加拉河。

② 廖塔德：可能是当地一位著名的杂技演员。

他用你有生以来听到过的最最细小、最最尖脆、最最锐利的小声音叫嚷着："真的非常感谢你的好意，但是我还不需要。"

"什么需要不需要？"汤姆问，小家伙的无礼使他吃了一惊。

"你的腿。感谢你伸出腿来让我坐。我必须马上走，去照看一会儿我的老婆。天哪，有家有口让人多么烦恼呀！"他说。

其实，这个小游民根本不做事，而让他的可怜的妻子独自孵所有的卵。他并没有马上走，而是继续说道："我回来的时候，如果你仍然把腿伸在那儿等我，我会非常高兴的。"

汤姆认为，他这种人脸皮很厚。五分钟后他回来的时候，汤姆觉得他的脸皮比原来所想的还要厚。

他说："你等累了吧？嗯，你的那一条腿也这样伸出来。"

他砰的一下落在汤姆的膝盖上，用他那尖锐的声音没完没了地说开了："这么说，你住在水底下？那地方不好。我在那儿住过一段时间，身上弄得非常破烂，非常脏。我待不下去了，另找出路。所以我到上面来，穿上了这套灰衣服，变得受人尊敬。这是一套非常像样的衣服，你看是吧？"

"真的非常干净朴素。"汤姆说。

"是啊，一个人应该朴素、干净、受人尊敬，但是在成家以后，这些东西就差不多完了。我已经很厌倦了，事实上就是这样。我想，我做了太多的事，上个礼拜为了生活我已经受够了。所以，我要换一套跳舞的衣服，出去逛逛，做一个潇洒的人，看看花花世界，跳一两场舞。一个人能快活为什么不快活呢？"

"那你妻子怎么办？"

"啊！她是个非常平庸愚蠢的东西，事实就是这样，她什么也不想，只想她的卵。如果她决定跟我出去，那好，她就去；如果她不想去，那好，我就一个人去，现在我就走。"

他说话的时候，脸色变得十分苍白，然后一点儿血色也没有了。

"哎，你病了！"汤姆说。

但是他没有回答。

"你要死了。"汤姆说。

汤姆盯着站在他膝盖上的飞虫,就像看着一个鬼。

"不,我没有!"一个很细、很尖的声音在汤姆头顶上说,"我在上面呢,穿着我的跳舞衣服;那只是我蜕下的皮。哈哈!你变不出这种戏法吧!"

这种戏法汤姆变不出,侯丁、罗宾、费里克尔①也变不出。那个小游民把自己的皮完全蜕下来,脱开身去,让它站在汤姆膝盖上。这个壳子眼睛、翅膀、腿、尾巴都全,一点儿也不缺,就像个活的。

"哈哈!"他笑着。

他飞快地跳上跳下,一刻也不停,好像患了舞蹈病。

"现在我是个漂亮小伙子了吧?"

他说得没错。现在他的身体是白色的,尾巴是橘黄色的,眼睛里闪着孔雀尾巴上的所有色彩;最奇妙的是,他尾巴尖上的刷子比原来长了五倍。

"啊!"他说,"现在我要去看看花花世界了。我的生活不会花费很多钱的,因为,你看,我没有嘴,也没有内脏;所以我永远不会饿,也不会肚子疼。"

的确没有了。他变得又干又硬又空,就像一根鸡毛管子。这正是那种愚蠢、空心、没有心肝的家伙应该长成的样子。但是他一点儿也不为自己的空虚害臊,反而引以为自豪,就像许多文雅的绅士那样。

他轻轻地跳动着,飞上滑下,唱着歌:

妻子跳舞我唱歌,

日子过得好快活;

这种事情最聪明,

驱散忧愁心欢乐。

---

① 侯丁、罗宾、费里克尔:三人都是当时有名的魔术师,分别是法国人、德国人和荷兰人。

第03章

他这样上下飞舞了三天三夜，最后累极了，掉进水里顺水漂走了。他变成了什么，汤姆就不知道了。那家伙自己也并不在意，因为汤姆听到他最后漂在水上时还在唱："驱散忧愁心——欢——乐！"

他自己不忧愁，别人还替他忧愁什么。

有一天，汤姆碰上了一次新的奇遇。当时他正睡在水百合的叶子上，他的朋友蜻蜓也在，他们在看蚊子跳舞。蜻蜓已经吃蚊子吃了个饱，静静地坐着，差不多要睡着了。因为天气实在是太热，太阳实在是太耀眼了。

对可怜的兄弟们的死，那些蚊子一点儿也不在意，他们依然十分快活地在他头顶上方一英尺的地方跳着舞。一只大黑苍蝇停在离蜻蜓鼻子不到一英寸的地方，在用爪子洗脸、梳头；但是蜻蜓一点儿也不在意，他继续和汤姆聊天，讲他生活在水里时发生的事情。

突然，汤姆听到从溪流上游传来最奇怪的噪声。咕咕咕、呼噜噜、呜呜呜、吱吱吱，就像你在袋子里装了两只野鸽子、九只耗子、三只豚鼠和一只瞎了眼睛的小狗，把他们丢在里面不管，让他们尽管自个儿嚷嚷时发出的声音。

他向上游望去。他看到的和听到的一样奇怪。一只球不断翻滚着向下游漂来，第一秒钟看上去，它是一只长着棕色毛皮的球；第二秒钟看上去，它是一个闪亮的玻璃球。但那并不是一只球。因为，它有时打开，一团团漂开来，然后又重新收拢，而且它发出来的噪声越来越大。

汤姆问蜻蜓那是什么，蜻蜓当然不知道。因为他很近视，虽然那东西离他们已经不到十英尺，他还没有看到呢。所以，汤姆沉到水里，靠在一块最光滑的露头石上，开始自己观察。

那个球滚到近前，打开来，变成了四五个很漂亮的动物，每一个都比汤姆大好几倍。他们游动着、打着滚儿、潜到水里、缠在一起、扭打着、拥抱、亲嘴、咬、抓，那种样子简直是可爱极了，从来没人见过。

如果你不相信，你可以去佐罗几克公园看看。难道你会说，水獭不是你见过的最最快乐、最最灵巧、最最优美的动物？

他们中个子最大的一个看见了汤姆，她从同伴中冲出来，用水里的

语言叫嚷着,声音十分尖锐:

"快,孩子们,有东西吃了!"

她一边叫喊,一边向可怜的汤姆冲过来。她的两只眼睛那么凶,一副牙齿那么锋利,一张嘴巴张得那么大。

汤姆原来还认为她非常漂亮可爱,这时候他对自己说:"这就是漂亮可爱的真正面目。"他飞快地钻到水百合的根之间,然后转过身来对着她做鬼脸。

"出来,"那个很凶的水獭说,"否则对你更不利。"

汤姆从两丛密密的水百合根中间看着她,用尽全身力气摇晃着它们,不停地向她做吓人的鬼脸;就像他从前在陆地上生活时,隔着围栏向老妇人龇牙咧嘴做怪相一样。毫无疑问,这是不大有礼貌的;但是你知道,汤姆现在还没有被教育好。

"走吧,孩子们,"老水獭摆出一副嫌恶汤姆的样子,说道,"说到底,那东西并不值得吃。那只不过是一只讨厌的水蜥,谁也不愿意吃他,连池塘里的那些下等的狗鱼也不要吃的。"

"我不是水蜥!"汤姆说,"水蜥有尾巴。"

"你就是水蜥,"老水獭非常独断专横地说,"我从你的两只手就看得出来,我知道你有尾巴。"

"让我告诉你,我没有,"汤姆说,"瞧!"

他把漂亮的小身体转了一个圈儿;那当然,他没有尾巴。

老水獭想说汤姆是一只青蛙,但是话到嘴边,她又改变了主意。和许多人一样,她说了一句话,不管是对还是错,都要坚持。

所以她说:"我说你是水蜥,你就是水蜥;对于我和我的孩子这种上流人士,你不是合适的食物。你可以坐在这儿,等鲑鱼来吃你。"

她知道鲑鱼不会吃他,但她想吓唬吓唬可怜的汤姆。

"哈哈!他们吃你,我们吃他们!"

水獭笑着说,笑得那么邪恶和残酷,有时你会听到他们这样笑的。如果你第一次听到他笑,你大概会认为那是鬼哭。

"什么鲑鱼？"汤姆问。

"一种鱼，你这个水蜥！是大鱼，很好吃的鱼。鲑鱼是鱼的领主，我们是鲑鱼的领主。"

她又笑了："我们在池塘里上上下下地追他们，把他们赶到角落里。这些蠢东西，他们太骄傲，欺负小鳟鱼和鲦鱼，但是看到我们来了，立刻就成了软骨头；我们就抓他们，但是我们并不把他们整个地吞下去；我们只是咬他们柔软的喉咙，吸他们身体里的甜汁。啊，味道真好！"

说到这里，她舔舔她那张邪恶的嘴。

"然后，把这一个扔掉，再去抓另一个。他们很快就会来的，很快就来，孩子们，我能嗅到雨从大海那边来了；到时候，就可以欢呼新鲜柔软的鲑鱼的到来，就可以一整天有大堆的东西吃！"

老水獭越说越得意，来了两个前滚翻，然后半个身体露在水面上，站直了，像柴郡猫①一样咧着嘴。

"他们从哪儿来？"汤姆小心翼翼地问道，因为他非常害怕。

"从大海，水蜥，宽广的大海。如果愿意，鲑鱼可以待在大海里，非常安全。但是那些愚蠢的东西会离开大海，到大河的下游来；我们前来等着他们：到他们往回游的时候，我们也向下游去，跟着他们。

"我们在下游捉鲈鱼和鳕鱼吃，在海边过快活的日子，在冲到河滩上的浪花里搅水、打滚，暖洋洋地睡在温暖干燥的巉岩中间。啊，孩子们，如果不是因为可怕的人类，那也是一种快乐的生活呀。"

"人是什么？"汤姆问。但是在话出口之前，他似乎已经知道答案了。

"是两条腿的东西，水蜥，现在我要过来看看你，如果你没有尾巴，那么他们实际上是一种和你很像的东西。"

她认定汤姆会有尾巴。"只是，他们比你大多了，我们真倒霉！他

---

① 柴郡猫：著名童话《爱丽丝漫游奇境记》中劝告爱丽丝的一只猫，它总是龇牙咧嘴地笑着。

们用钩子和线来捉鱼，有时，钩子会扎进我们的脚；他们还沿着岩石放鱼篓捉龙虾。我可怜的好丈夫就是在出去给我找些东西吃时，被他们用鱼叉戳死了。那时候，我正躲在巉岩中间。

"在陆地世界上，我们是很低等的动物，因为大海是非常粗野的，没有鱼会到岸边来给我们吃。但是他们戳死了他，可怜的丈夫啊！我看见他们把他绑在竿子上抬走。啊，孩子们，他为了你们丢了性命，他是个可怜的、亲爱的、温顺的动物。"

水獭说完以后，便神情庄重地带着她的孩子们顺着小溪游下去了。汤姆在那一段时间里没有再见到过她。

她幸亏离开了那儿。因为他们刚走不久，就有七条凶猛的小猎狗从上游沿着河岸扑过来了。他们到处嗅着、吠叫着，东刨西挖，溅着水，一路狂叫着追猎水獭。汤姆躲在水百合根之间，直到他们离开以后，才敢从里面出来。

他怎么能想到，那些水百合是水中的仙女们变来保护他的呢。

他忍不住一直在想水獭说的话，想她所说的大河和大海。他想啊想啊，便忍不住很想游出去见见它们了。

他想得越多，便越是对他所住的这条小溪流、对他所有的同伴感到不满意。这是为什么，他也说不出。他想出去，到宽广又宽广的世界里去，去欣赏所有美妙的风光。他相信，那个宽广的世界肯定充满了美妙的事物。

有一次，他动身向下游游去；但是溪水很浅，当他来到浅滩的时候，他没法躲在水下了，因为水太少，不能淹没他。

于是，太阳火辣辣地照在他背上，使他生了病。他只好游回来，静静地在凉爽的池塘里躺了一个多礼拜。

接着，在一个非常炎热的白天过去后的夜晚，他见到了一桩奇事。

那天，整个白天他都昏沉沉的。鳟鱼也是这样，即使挪动一英寸去抓一只飞虫，他们也不愿意。水面上飞虫可是有成千上万只呢。

他们在石头下面的水里打瞌睡，汤姆也躺着打瞌睡。他很高兴贴着光滑、凉爽的石头表面，因为水的温度很高，让他不舒服。

第 03 章

但是，快到夜晚的时候，天空突然就黑了。汤姆伸出头来，向天上望去。

他看到一大片乌云在头顶上，从溪谷右边铺过来，从右到左盖在了两边的巉岩上。他并没有感到十分害怕，相反觉得非常平静。

听不到一丝风响，听不到一声鸟鸣。然后，几滴大雨点啪啪地掉进水里，有一滴打在了汤姆的鼻子上，他赶快噗的一声沉到水里。

然后，雷轰隆隆地滚过，闪电唰地划过温德尔上空，又收了回去。从乌云到乌云，从峭壁到峭壁，电闪雷鸣，溪水中的石头仿佛都在发抖。

汤姆仰着脸，透过水看着这一切，心想，这真是他一生中见过的最了不起的事情。

但是他不敢把头伸出水面，因为掉下来的雨点子有水桶那么大，冰雹像炮弹一样擂打着溪流，搅起一团一团的泡沫。溪水涨起来了，向下游直泻。水越涨越高，越涨越险，水里漂着的东西越来越多。稻草、蛆、腐败的蛋、木头里的寄生虫、蚂蟥、零星杂物，这个，那个，另一个，足够填满九个博物馆。

汤姆在溪流中快站不住了，他躲到了一块石头后面。但是鳟鱼没有躲，他们从石头中间冲出来，大口地吞吃甲虫和蚂蟥，那副样子真是急火火的，贪婪极了。他们嘴边挂着很大的虫子游来游去，为了互相之间分开来，前冲后退，又拖又拽。

借着闪电的光亮，汤姆看到了一幅新的景象。

溪流的整个河底动起来了，一大片都是大鳗鱼，他们翻滚着，缠绕着，顺水而下。

在过去的几个礼拜里，他们一直躲在石头缝和泥洞里，汤姆一直没有见到过他们。只是在夜间，才偶尔看见他们几次。现在他们都出来了，从他身边急匆匆地涌过，一大片，气势那么大、那么猛，让汤姆感到十分害怕。

他听见他们从他身边涌过的时候互相招呼道：

"我们得快跑，我们得快跑。多让人高兴的大雷雨啊！下海去！下海去！"

这时，水獭带着她所有的小孩子从旁边过去了。他们一路缠绕着、扫荡着，像鲤鱼一样快。

汤姆经过的时候，水獭窥探着他，说道："喂，水蜥，如果你想看看世界，现在是时候了。快跟上，孩子们，别管那些肮脏的鳗鱼；我们明天早上用鲑鱼作早餐。下海去！下海去！"

这时，天空上划过一个最亮的闪电。虽然它只亮了千分之一秒便又熄灭，但是汤姆借着它的光亮看见了，是的，他肯定自己看见了三个美丽的、穿着白衣服的小姑娘。

她们互相用手臂勾着脖子，顺水而下，唱着："下海去！下海去！"

"啊，停下来！等等我！"汤姆叫着。

她们已经不见了。不过他仍然可以听到她们的声音。她们消失的时候，她们那甜美的声音，穿过雷电的轰鸣，穿过水的吼叫，穿过风的呼啸，清晰地传来："下海去！"

"下海去？"汤姆说，"所有的动物都向大海去了，我也要去。再见，鳟鱼。"

但是鳟鱼正忙着吞虫子呢，根本就没有转过身来回答他。这样也好，省了汤姆和他们道别时依依不舍的痛苦。

下海去。顺着奔腾的溪流，靠着大雷雨中明亮的闪电的指引。

下海去。经过所有点缀着白桦树的岩石。它们一刹那明亮清晰如同白昼，一会儿又黑暗如同深夜。

下海去。当汤姆经过旋转着水涡的河岸下那些黑洞洞的鱼穴时，巨大的鳟鱼从里面冲出来，把他当成好吃的东西，但又失望地游了回去；是仙女们让他们回去的，他们竟敢打扰水孩子，被她们狠狠地责骂了一顿。

下海去。经过急转直下的水峡和怒吼的瀑布。有一会儿，汤姆什么也听不见了，只听见水的吼声。

下海去。沿着深深地没入水中的河滩，白色的水百合在狂风和冰雹袭击下颠簸摇晃。

下海去。经过沉睡的村庄。

下海去。从黑乎乎的桥孔下穿过,向着大海,离过去越来越远。

汤姆停不下来,也不去想它;他将见到下游的世界,见到鲑鱼,见到激浪,见到无比、无比宽广的大海。

当白天的光线照进世界的时候,汤姆发现自己已经离开小溪,来到了鲑鱼河。

它足足有一百英尺宽,从宽阔的池塘流向宽阔的浅滩;从宽阔的浅滩流向宽阔的池塘,越过铺满砂石的广阔田野;从橡树和白杨树的绿荫下流过,经过低矮的沙石陡壁,经过碧绿的青草地、美丽的花园和一座灰色岩石造的大房子,经过地势很高的沼泽地,经过一座煤矿的东一个西一个直指蓝天的烟囱。

不一会儿,他来到了一个崭新的地方。河流铺展开来,变成了宽阔安静的浅滩;它太宽了,汤姆从水中伸出头来看,真是一眼望不到边。

在这儿,他停了下来,心里微微有些害怕。

"这一定就是大海了,"他想,"多么广阔的地方啊,如果我继续游,游到里面去,我一定会迷路的;或者,会有什么奇怪的东西出来咬我。我得在这儿停一停,等一等水獭、鲤鱼或别的动物,问一问应该怎么走。"

他稍稍往回游了一点儿路,在河流开始变成广阔的浅滩的地方,找了个石头缝,爬了进去。他向外面张望着,等待别人经过,问一问路。但是,水獭和鳗鱼早在他前头过去,已经在河流前面很多英里了。

他在那儿等啊等啊,不知不觉睡着了。因为他已经游了一整夜,十分疲劳。他醒来的时候,河水的水位虽然很高,但不混浊了,而是变成了美丽的琥珀色。不一会儿,他看到了一幅景象,它使他跳了起来,因为刹那间他就明白了,那正是他要来看的东西之一。

这么大的一条鱼!比最大的鳟鱼还要大十倍,比汤姆要大一百倍。他逆水向上游,就像汤姆顺水向下游一样容易。

这么美的一条鱼!身上从头到尾闪着银光,零零星星地缀着深红色的圆点,巨大的钩形鼻子,巨大的弯嘴唇,巨大的亮眼睛,像国王一样骄傲地转过头去望一望,审视着左右的水域,好像那全属于他。他一定是鲑鱼，所有鱼的王。

汤姆害怕极了，很想找个洞钻进去。但是他用不着，因为鲑鱼全都是真正的绅士。

像真正的绅士那样，鲑鱼看上去非常高贵骄傲；但是，他们也像真正的绅士那样，从不伤害别人或与别人争吵；他们只管忙自己的事，从不与粗野的家伙计较。

鲑鱼仔细地看了看汤姆的脸，然后对他毫不介意，继续向前游去。他的尾巴打了一两下水，使水流重新又翻腾起来。

几分钟以后，又来了一条鲑鱼，然后又是四五条，不断有鲑鱼从汤姆眼前经过。

他们逆水而上，用银色的尾巴有力地击打着水，跳上大瀑布，不时地完全跃出水面，跃过岩石，一瞬间在阳光中闪耀着耀眼的光芒。汤姆高兴极了，即使让他在这儿看一整天，他也愿意。

最后来的一条鲑鱼特别大，比其他所有的鲑鱼都大。但是他游得很慢，并且回过头去看身后，好像很着急，很忙。汤姆看到，他在帮助另一条鲑鱼，那是一条特别漂亮的鲑鱼。她身上一个斑点也没有，从头到尾都是纯银色。

"亲爱的，"那条特大的鲑鱼对他的同伴说，"你看上去真的累坏了，刚开始的时候你不要用尽全力。在这块石头后面休息一下吧。"说着，他用鼻子把她轻轻地推到汤姆休息的那块石头旁边。

你要知道，她是这条鲑鱼的妻子。因为，鲑鱼就像绅士一样，总是挑一条雌鲑鱼，爱上她，对她忠诚，关心她，为她工作，为她战斗，就像每个真正的绅士应该做的那样。

他们不像粗俗的鲦鱼、斜齿鳊和狗鱼，那些鱼是不重感情、不关心妻子的。

这时这条鲑鱼看见了汤姆，他非常凶地看了汤姆一会儿，好像要把汤姆吃掉似的。

第 03 章

"你在这儿干什么？"他恶狠狠地说。

"哦，别伤害我！"汤姆叫道，"我只是想看看你，你那么英俊。"

"啊！"鲑鱼非常严肃，但又非常有礼地说，"请你多多原谅。我知道你是谁了，亲爱的小东西。以前我见过一两个像你一样的动物，发现他们非常令人愉快，举止非常得体。事实上，他们中有一个最近对我非常好，我希望能回报他。希望我们没有妨碍你。这位夫人休息好以后，我们就立刻继续赶路。"

他是一条教养多么好的老鲑鱼啊！

"你以前见过我这样的动物？"汤姆问。

"见过七次，我亲爱的。其实，就在昨天晚上，在河口，有一个来向我和我的妻子报警，说新发现河里布下了桩子网，去年冬天起就下在水里了。我不知道那是怎么回事。他还用最最可爱的、彬彬有礼的方式，领着我们绕过了那块危险的地方。"

"这样说来，大海里面也有水孩子？"汤姆拍着小手叫道，"那么，我在海里可以有人一起玩了？这多让人高兴啊！"

"这条河的上游没有水孩子？"鲑鱼夫人问。

"没有。我很孤独。我想，昨天晚上我见到了三个，但是她们一晃就过去了，向大海游去了。所以，我也要下海去，因为，除了石蛾、蜻蜓和鳟鱼以外，我没有谁可以一起玩。"

"嗯哼！"鲑鱼夫人嚷道，"那种朋友多么低级呀！"

"我亲爱的，如果说，他和低级动物做过伴儿，那么他并没有学他们那种低级的样子。"她丈夫说。

鲑鱼夫人说："没有，真的，亲爱的可怜的小家伙！但是和石蛾这种动物生活在一起，对他来说是一件多么不幸的事情呀，他们有六条腿！蜻蜓也是这样！唉，不要说别的了，吃也不好吃；我吃过一次，他们都又硬又空；至于鳟鱼，谁都知道他们是些什么东西。"

说到这里，她噘起了嘴唇，看上去非常地瞧不起人。同时，她丈夫也噘起了嘴唇,一直噘到看上去好像和阿西比亚德①一样骄傲。

"你为什么连鳟鱼也不喜欢?"汤姆问。

"亲爱的,如果能回避的话,我们连提都不愿意提他们。我很抱歉地说,他们是我们的亲戚,但对我们不守信用。许多许多年以前,他们和我们一样,但是他们变得又懒又馋,又怯懦,不愿意每年下海去看看广阔的世界,去长得肥壮一些,而是情愿留在小溪里面东游西荡,吃虫子和蛆。他们得到了应有的惩罚,身体变丑了,变成了棕色,浑身都是斑点。他们的品味变得十分低下,甚至吃我们的孩子。"

"然后,他们又假惺惺地来和我们攀亲戚,"鲑鱼夫人继续说道,"唉,其实,我知道他们中有一个向鲑鱼女士求婚,这种卑鄙的下贱东西!"

"我希望,"鲑鱼绅士说,"我们这种鱼中没有哪位小姐会自降身份,听那些东西唠叨片刻。如果我偶然碰到这种东西,我想,我有责任把他们那些狗男女就地正法。"

老鲑鱼说道,那样子就像一位血统纯正的西班牙老绅士。而且,他说到做到。

你要知道,没有哪种敌人之间的敌意比同类之间的敌意更深。鲑鱼看待鳟鱼,就像某些种类中的大个儿看待他们中的小家伙一样。好像那些小家伙有什么东西太像他们自己,让他们不能容忍。

---

① 阿西比亚德:指低等西班牙贵族,他们傲慢、骄横跋扈。

第 04 章

告别的时候,汤姆警告鲑鱼,要小心提防邪恶的老水獭。鲑鱼离开岩石,向上游方向游去了。汤姆继续向下游方向游去,但是他沿着岸边,游得很慢,很警惕。

他游啊游啊,游了很多天。因为他离大海还有许多英里呢。也许,如果不是仙女在暗中引导他,他永远也找不到通往大海的路。仙女们在引导他,但不让他看到她们美丽的脸,也不让他感觉到她们温柔的手。

在游往大海的路上,他有过一次非常奇怪的历险。那是九月里的一个晴朗、安静的夜晚。月光那么明亮,照进水里;他尽管拼命闭紧眼睛,仍然睡不着觉。

最后他索性浮到水面上来,坐在一块小石头尖上,仰望着大大的、橙黄色的月亮。他在想,她是什么呀;他觉得,她也在看着他呢。

他看着洒在水面上的粼粼月光、冷杉树的黑乎乎的树顶、蒙着银霜的草地;他听着猫头鹰的叫声、沙锥鸟的哀鸣、狐狸的吠叫和水獭的笑声;他嗅着白桦树的淡淡的芬芳,还有那从很远的上游的松鸡禁猎场吹来的一阵阵欧石楠的甜香。

他感到非常快乐,尽管他说不清为什么。当然,如果让你在九月里的一个夜晚,坐在那样一个地方,湿漉漉的背上一点儿衣服也没有的话,你会感到很冷的。但是汤姆是一个水孩子，所以他和鱼类一样，并不觉得冷。

突然，他见到了一幅美丽的景象。一片美丽的红光在沿着河边移动着，投进水里，像一条长长的火舌。汤姆这个好奇的小淘气，下决心去看看那到底是什么。于是，他向岸边游去。那道光停在了一块矮石头边缘的浅水上方，就在那儿，汤姆遇上了它。

在那儿，在那道光的下面，躺着五六条巨大的鲑鱼。他们睁着大大的、向外突出的眼睛，仰望着那道光的光焰，摇着尾巴，似乎看到它非常高兴。

汤姆浮上水面，想更近地观看那道美妙的光，他在水里弄出了一声响。

他听到一个声音说："有一条鱼。"他不知道那句话是什么意思，但他似乎熟悉他们的声音，熟悉说那句话的那个东西的声音。

他看到岸边站着三个巨大的两条腿的动物。其中一个动物拿着那道光，它闪闪烁烁，并且噼噼啪啪地响着。另一个拿着一根长竿。

他知道，那是人。他很害怕，就爬进石头中间的一个洞里。从洞里，他可以看见上面发生的事。

那个拿火把的人向水面弯下腰来，认真地看着水里，然后他说："小伙子，捉那条大的，他十五磅都不止，你手要抓紧。"

汤姆觉得有什么危险要降临了。他非常想警告那条愚蠢的鲑鱼，他正盯着那道光看，似乎着了迷。

但是汤姆还没有来得及拿定主意，那根竿子就戳进水里了。

一阵可怕的溅水声和挣扎声。

汤姆看见那条可怜的鲑鱼被戳穿身体，从水中给提了起来。

这时，另外三个人从后面向这三个人冲了过来。接着是一片吼叫、打斗和谩骂的声音。

汤姆恍惚记得，这些声音他曾经在哪儿听到过。现在，他一听到这些声音就直打寒战，感到十分厌恶。因为，他有点儿觉得，他们是奇怪的、丑恶的、错误的、可怕的。

接着他想起了一切：他们是人，他们在打架，野蛮、不要命地打，在昏天黑地地打。这些事汤姆从前不知道见过多少次。

第04章

　　他捂紧自己的小耳朵,恨不能立刻从那个地方游开去;他很高兴自己是个水孩子,再也不用和那些肮脏可怕的人打交道了,那些背上穿着脏衣服、满嘴脏话的人。

　　他想离开,但是他不敢从洞里面出来。这时,在看守和偷猎者的践踏和打斗之下,他头顶上的岩石摇晃起来。突然,有一阵大得惊人的溅水声,一道可怕的闪光,一阵嗞嗞声,然后一切都静了下来。

　　原来,有一个人掉进了水里,离汤姆很近。是那个手中拿着火把的人。他沉入了湍急的河水,在水流中不断地翻滚着。

　　汤姆听到岸上的人在沿着河边奔跑,似乎在找落水的人。但是,那个人已经沉没在水下深深的洞里,一动不动地躺在那儿,他们再也找不着他了。

　　汤姆等了很长时间,直到一点儿声音也没有以后,才伸出头来张望。他看见了那个人躺在那儿。他终于鼓起勇气向下游去,游向那个溺水的人。"也许,"汤姆心想,"水使他睡着了,就像从前的我一样。"

　　他离那个人越来越近,他越来越好奇,但说不出为什么。他必须去看看那个人。当然,他会轻手轻脚地游过去;他绕着那个人游了一圈又一圈,离那个人越来越近。由于那个人一直没有动,他终于壮起胆子游到了离那个人很近的地方,看清了那个人的脸。

　　月光是那么的明亮,那个人的每一个特征汤姆都看得清楚。看着看着,他一点一点地回忆起来了,那是他过去的师傅格林姆。汤姆转过身,尽可能快地从他身边游开。

　　"哦,天哪!"他想,"他会变成水孩子,他会变成一个多么讨厌的水孩子!也许他会发现我,再打我。"

　　于是,他向大河的上游游了一段回头路,然后,一整夜都躺在赤杨树的树根下面。但是,当早晨来临的时候,他又急着要回到深潭去。他要看看格林姆先生有没有变成水孩子。

　　他非常小心。他躲在岩石后面,藏在树根下面,偷偷地张望。格林姆先生依然一动不动地躺在那儿,他没有变成水孩子。

下午汤姆又来偷看了一次。因为不弄明白格林姆先生变成什么,汤姆是不会安心的。但是这一回格林姆先生已经不见了,汤姆心想,他变成水孩子了。

其实用不着紧张,可怜的小小伙子。格林姆先生并没有变成水孩子或别的什么类似的东西。但是汤姆很紧张,有很长一段时间,他一直担心有一天会在哪一个深深的池塘突然碰上格林姆。他怎么会知道是仙女们把格林姆弄走了呢?她们把格林姆弄到安放落水者的地方去了,那正是他应该去的地方。

汤姆继续向下游游去,因为他害怕待在离格林姆很近的地方。他离去的时候,整个溪谷都显得很悲伤。红的和黄的树叶像阵雨似的落进水里,苍蝇和甲虫都已经死光,秋天的寒雾低低地笼罩着山冈,有时甚至浓浓地降到水面上,使汤姆看不清路。但是,他可以摸索着前进。跟着水流的方向,一天又一天,经过很大的桥,经过小船和驳船,经过大的市镇,经过市镇的码头、磨坊和冒着烟的大烟囱,经过下了锚、在水面上浮沉晃荡的轮船。

汤姆不时地碰上轮船的锚链。他很想知道那是什么。他把头伸出水面张望,看见水手们懒洋洋地在甲板上抽烟斗。他又重新潜入水中,因为他害怕得要死,怕被人们捉住,再变成扫烟囱的孩子。

他并不知道,仙女们一直在他身旁,遮住水手们的眼睛,不让他们看见他,使他避开磨坊的水槽、下水道的出口和其他肮脏危险的东西。

可怜的小家伙,对于他来说,这是一次忧郁的旅行。他不止一次地恨不能返回温德尔去,和鳟鱼一起在夏日的灿烂阳光下游戏。但是这不可能,事情过去了,就一去不复返;人们永远不可能再回到小时候,连水孩子也是一样,人只能活一次。

另外,那些想出去看看广阔世界的人,例如汤姆,都一定会发现,那是一次疲倦的旅行。如果他们没有灰心,没有半途而废,而是继续勇敢地走下去,到达终点,那就是他们的幸运。汤姆正是这样。

汤姆始终是一条勇敢无畏、意志坚定的英国巴儿狗,他从不知道什么是失败。他坚持游下去,游下去……终于,他透过雾气,看到远处有一个红色的浮标。他非常惊奇地发现，水流回过身，向陆地这边涌过来。

当然，这是潮水，但是汤姆不知道潮水是什么。他只知道，在一两分钟内，他身边的淡水就变成了咸水。接着，他身上发生了一种变化。

他感到自己强壮、轻松、精神百倍，好像自己血管里流的是香槟酒。他自己也不知道为什么，竟然三次完全跳起来，离水面有一码①高，一个鱼跃，就像鲑鱼第一次接触到高贵、富有的咸水时那样，就像一些哲人告诉我们的那样，这水，是所有生物的母亲。

潮水冲击着他，他竟然一点也不在乎。那个红色浮标就在他的视野里，在敞开着胸怀的大海里跳着舞。他要游到浮标那儿去，他游过去了。

他经过大群的鲈鱼和鲻鱼，他们跳跃着，在追逐褐虾。但是，他没有注意到他们，他们也没有注意到他。有一次，他经过一头巨大的，浑身乌黑发亮的海豹。海豹是尾随着来吃鲻鱼的，他把头和肩膀伸出水面，盯着汤姆看。

汤姆并不害怕，而是说道："你好吗，先生？大海是多么美丽的地方呀！"

那只老海豹没有去吃他，而是用柔和的、睡意蒙眬、老是在眨巴的眼睛看着他，说道："祝你碰上好潮水，小小伙子！你在找哥哥姐姐吗？我在外面碰见了他们，他们都在那儿玩。"

"哦，那么，"汤姆说，"我终于有伙伴一起玩了！"

他游到浮标那儿，爬上去坐了下来，因为他已经累得上气不接下气了。他向四周看，寻找水孩子，但是他看不见。

轻柔、清新的海风吹过来，带着潮水，吹散了大雾。在浮标周围，细细的波浪快乐地跳着舞，老浮标也随着波浪一道跳舞。

一片片云彩的影子在明亮的蓝色海湾上赛跑，互相之间却从来追不上。

---

① 码：英美制长度单位，1 码等于 3 英尺，合 0.9144 米。

潮水欢快地冲上宽阔的白色沙滩，跳过岩石，想看看里面的绿色田野是什么样子。它们摔下来，摔成了碎片，但是一点儿也不在意，又向上冲。

燕鸥在汤姆的头顶上翱翔，就像巨大的、白身体、黑脑袋的蜻蜓；海鸥欢笑着，就像姑娘们玩耍时的笑声一样；红嘴红腿的海喜鹊在海岸与海岸之间飞来飞去，他们的鸣叫声甜美悦耳，又充满了野性。

汤姆看啊看啊，听啊听啊，这时只要能见到水孩子们，他就会十分快乐了。当潮水返回大海的时候，他离开了浮标，游到各处去寻找水孩子们，但是他白辛苦了。

有时，他觉得自己听到了他们的笑声，但是，那其实只是波浪的笑声；有时，在海底，他觉得自己看到了他们，但是，那些其实不过是白色的和粉红色的海贝。

有一次，他很有把握地认为找到了一个水孩子，因为他见到两只明亮的眼睛。即使是小孩子，也是无法想什么就有什么的。这一点，你总有一天会明白。

汤姆在浮标上坐了许多天，许多个礼拜。他望着大海的远处，希望水孩子们在某一天回来。但是，他们没有回来。

于是，他开始四处打听。各种奇奇怪怪的动物从大海外面归来，他向他们每一个打听水孩子，有的说见过，有的说根本就没见过什么水孩子。他问鲈鱼和绿鳕，但是他们贪婪地追着褐虾，根本顾不上回答他一个字。

接着，来了整整一大片紫色的海蜗牛。他们一个接一个地漂过来，每一个都躺在一片满是泡沫的海绵上。

汤姆问他们道："你们从哪儿来，你们这些美丽的小动物？你们见过水孩子吗？"

海蜗牛答道："我们从何处来，我们不知；我们往何处去，谁又能晓？我们小小的生命在大海中央漂泊，头顶上是温暖的阳光，脚底下是温暖的墨西哥湾流，我们已经知足了。是啊，也许我们见过水孩子。我们一路航行过来，见过许多奇怪的东西。"说完，这些快乐而蠢笨的东西就漂走了，全都上岸，到了沙滩上。

接着，来了一条巨大的、懒洋洋的翻车鱼，他肥得就像半片猪，模样也像半片猪，好像是给塞到衣橱里压平了一般。与他庞大的身体和鳍相比，他的嘴小得就像小兔子的嘴一样，比汤姆的嘴也大不到什么地方去。当汤姆向他询问时，他用尖尖的、微弱的声音回答说："我肯定不知道，我迷路了。我打算去切萨皮克湾，但恐怕有点儿走错方向了。天哪！都因为跟着让人舒服的暖流走。我肯定迷路了。"

汤姆再问他，他还是那几句话："我迷路了。别和我说话，我得想一想。"但是，就像许多许多人一样，他越是拼命想，就越是想不出。汤姆看到他东碰西撞，昏头昏脑地转了一整天。最后，海岸警卫队的士兵看见他的巨大的鳍露出水面，便划船过来，用带钩的篙子扎进他的身体，把他弄走了。他们把他带到镇上展览，看的人每人付一便士，一整天都生意兴隆。当然，这些汤姆是不知道的。

接着，来了一大群海豚，他们是翻滚着过来的。爸爸妈妈们带着小孩子，身上全都十分光滑，闪闪发亮。因为每天早晨，仙女们都给他们打法国式罩光漆。他们从汤姆身边经过时，发出非常轻非常轻的叹息声，这使汤姆鼓起勇气和他们说话。但他们只是回答："嘘，别作声！嘘，别作声！"因为他们只会说这个。

接着，来了一大群舒舒服服晒太阳的鲨鱼，他们中有些大得像一条小船。汤姆见了他们很害怕。但是，他们其实是些很懒、脾气很好的家伙。他们不像其他的鲨鱼，是贪婪的恶霸。

鲨鱼有许多种，像白鲨、蓝鲨、地鲨和纺锤鲨，都是吃人的鲨鱼；像锯鳐、长尾鲛和冰鲨，都是吃可怜的老鲸鱼的鲨鱼。

那些鲨鱼过来了，躺在那儿，在浮标上摩擦着他们巨大的身体，背鳍露出水面晒太阳，向汤姆挤眼睛。但是，汤姆永远无法让他们和他说话，他们吃了太多的鲱鱼，变得笨得要命。

一条运煤的方帆双桅船过来，把他们全吓走了，这使汤姆非常高兴。他们的气味太难闻了，他们没走的时候，汤姆一直捂着鼻子。

接着，来了一个美丽的动物。他就像一条纯银的缎带，长着尖尖的头、长长的牙齿。但是，他好像病得很厉害，很伤心。有时，他无力地侧着身体，然后向前冲一下，像白色的火焰一样闪闪发光；然后，他又病歪歪地躺着不动了。

"你从哪儿来？"汤姆问道，"你怎么病得那么厉害，那么悲伤？"

"我从温暖的卡罗莱纳州来。在那儿，沙滩上长着一长排的松树；鳐鱼拍打着潮水，就像巨大的蝙蝠一样。但是我一直随着温暖的、不可靠的墨西哥湾流向北流浪，最后遇上了寒冷的冰山，它们漂浮在大海中央。于是，我被困在冰山中间了，被它们的寒气冻得直发抖。

"是水孩子们把我从冰山中间救了出来，使我重新获得了自由。现在我的身体每天都在恢复，但是我很忧愁、很伤心，也许，我再也不能回到家乡，和鳐鱼一起玩了。"

"哦！"汤姆叫道，"你见到过水孩子？你在这附近见到过吗？"

"见到过，他们昨天晚上又帮助过我，否则，我已经被一只巨大的黑色海豚吃掉了。"

多让人焦急呀！水孩子就在附近，但是他找不到他们。

于是，他离开了浮标。他常常沿着沙滩，在岩石周围寻找着；晚上，他就从海水中出来，坐在闪闪发光的海草中间露出来的石头尖上，对着十月里的落潮，叫喊着，呼唤着水孩子。但是他从来没有听到回音。最后，因为烦恼和哭泣，他的身体变得十分消瘦和单薄。

有一天，他在岩石中间找到了一个玩伴。可惜那不是一个水孩子，唉！那是一只龙虾。他是一只非常出色的龙虾，因为他的爪子上附着活的藤壶。这在龙虾中可是一个区别等级的重要标志，就像良心和维多利亚十字勋章一样，是拿钱买不到的。

汤姆以前从来没有见过龙虾，他被这一只龙虾强烈地吸引住了。因为他觉得这是他见到过的最奇怪、最有趣、最滑稽的动物。

他的想法并没有错到什么地方去。因为，世界上所有机灵的人，所有懂科学的人，所有想象力丰富的人，此外再加上所有画鬼怪的德国老画家，即使把他们的聪明都加到一块儿，也发明不出像龙虾这样

第04章

如此奇怪滑稽的动物。

他的一只钳子上有瘤节，另一只钳子上有锯齿。汤姆很喜欢看他吃东西的样子：他用有瘤节的钳子拿着海草，用有锯齿的钳子切割沙拉，像猴子那样闻闻食物的味道，然后放进嘴里。他吃东西的时候，那些小藤壶总是把网撒出去，在水里捞一下，他们要来分享一点儿随便什么剩饭剩菜，作为午饭。

但是最让汤姆惊奇的是看着龙虾把自己发射出去：啪！就像你用鹅胸骨做的跳蛙一样。当然，他弹出去的姿势是最美妙的，弹回来也是一样。如果他要钻进十码外一条窄窄的石头缝，你猜他会怎么办？

如果他一开始就头朝前，那他进去后当然就转不过身来了。所以，他把尾巴朝前，把长长的触须放平。他的第六感觉就在这两根触须的尖上。谁也不知道第六感觉是什么。他又把背直直地竖起来，作为引导；把两只眼睛向后面扭转，直到它们快脱出眼窝为止。然后，各就各位，预备，开火，啪！

他弹了出去，砰地进了洞，一边向外面张望着，一边玩弄着他的长须，好像在说："你没本事这样做。"

汤姆向他打听水孩子。他回答说见过，还说以前总看到他们，但是对他们没有多少好感。他们是些爱管闲事的家伙，喜欢去帮助陷入困境的鱼和贝。嗯，对他来说，要一个背上连一块壳子也没有的小软体动物帮助，那是一件让人害臊的事情。他在世界上已经生活了很长时间了，一直是自己照顾自己。

他是个自高自大的家伙，这个老龙虾，他对汤姆不怎么客气。不久你就会听说，他在即将被人放到锅里去煮熟的时候，是怎样不得不改变想法的，就像那些自高自大的人一样。但是他很有趣，而汤姆又很孤独，所以汤姆不能和他吵架。他们常常坐在石洞里，一聊就聊上好几个小时。

就在这段时间里，汤姆碰上了一次十分奇异而重大的奇遇。这个奇遇差点儿让汤姆永远找不到别的水孩子了；我相信，要是那样，你会很难过的。

我希望，这会儿你们还没有忘记那位洁白的小姑娘。无论如何，现在她来了。她看去就像一位清爽、洁白的小乖宝,她过去总是这样,将来也会总是这样。

事情发生在十二月那些令人愉快的日子里。约翰爵士忙着打猎,家里面谁也和他说不上一句话。他一个礼拜有四天打猎,收获非常丰富;另外两天他去法庭当法官,参加监护人董事会,他做的审判都非常公正。

约翰爵士整天打猎,五点钟吃晚饭,吃完了就倒在床上呼呼大睡。他睡觉时发出的鼾声响得吓人,哈索沃所有的窗户都被震得直晃,烟囱里的烟灰都被震落下来。

因为没法和爵士说上话,就像没法让死了的夜莺唱歌一样,太太决定离开,让爵士同医生和代理商史文格上尉去打鼾,让他们一起心满意足、此起彼伏地打个够。

于是,她带着所有的孩子到海边去了。

她去了海边什么地方,是谁也不能告诉的。因为,我恐怕年轻的女士们会想象那儿有水孩子,去捉他们,把他们放到鱼缸里;就像庞培城,就是你在画上可以看到的古罗马城市,就像庞培城的女士们常常把丘比特关在笼子里那样。所以,谁也不能知道太太去了哪儿。

于是发生了这样一件事:就在汤姆玩耍的那一带海岸边,就在汤姆和他的朋友龙虾坐过的那些石头上,有一天,一位洁白的小姑娘,正是艾莉,在上面散步。和她在一起的是一位的确非常聪明的人,他是普滕姆棱斯普厄次教授。

他是一位十分高尚、仁慈、好脾气的小个子老绅士,非常喜欢孩子。他只有一个缺点,那是雄知更鸟容易有的缺点。你如果从保姆的窗户向外看,就会看到如果有谁发现一条奇怪的虫子,教授一定会缠住他不放,找他的岔子,像雄知更鸟一样,撅起尾巴竖起毛,宣称是他第一个发现那条虫子的,那是他的虫子,如果不是他的,那就根本不是什么虫子。

他是在斯卡布罗或弗里特伍德或其他某个地方遇到约翰爵士的;如果你不在乎是什么地方,别人也不会在乎。他和爵士熟了,十分喜爱他的孩子们。

第04章

约翰爵士不知道什么宝贝小海鸟儿，也不感兴趣，只要鱼贩子送鱼给他当晚饭；太太也不知道，但她认为孩子们应该知道一些。你要明白，在蒙昧的远古时代，人们总是教孩子们学某一样东西，并且学得很透；但是，在现在的开化时代，人们要孩子们什么东西都学一点儿，但是什么都懂不透：这就轻松愉快多了，容易多了。

现在，艾莉和他在岩石上散步，那儿有成千上万的奇异事物，他一样一样地指给她看。但是艾莉对那些东西一点儿也不感兴趣。她情愿和活的孩子一起玩，哪怕是布娃娃也行，她可以假装它们是活的。

最后她诚恳地说："我对这些东西都没兴趣，因为它们不能和我一起玩，也不能和我说话。水里常常有小孩，如果现在有的话，我会喜欢他们的。"

"水里的孩子，你这个奇怪的小鸭子？"教授说。

"是的，"艾莉说，"我知道水里常常有孩子，还有美人鱼，有雄美人鱼。我在家里的一幅画上看到过。一个美丽的夫人坐在海豚拉的车子上，孩子们在她身边飞跑，还有一个坐在她怀里。美人鱼在游泳和玩耍，雄美人鱼在吹贝壳做的号角。画儿的名字叫《嘉拉提亚的凯旋》[①]，画儿的背景上有一座燃烧的山。这幅画挂在大楼梯间，我从小就一直看着它，在梦里见过它一百次。它太美了，一定是真的。"

就因为人们认为很美，事情就是真的。对于这种想法，教授一点儿也不以为然。所以，他用最最爱护她、最最仁慈的态度向艾莉解释这些东西真实存在是多么不可能。

我想当时艾莉一定是一个很笨的小姑娘，因为，她并没有被说服，而只是重复地问同一个问题：

"但是为什么没有水孩子？"

[①]《嘉拉提亚的凯旋》：大画家拉斐尔的名画，现保存在罗马。

我相信，并且希望是因为教授当时在一个非常锋利的贻贝的边缘上绊了一下，脚上的一个鸡眼被戳得很疼，他才很生硬地回答说："就是因为吭没。"

　　他说的这句话甚至连发音都不准。如果教授气愤得不得了，真的要说那种话的话，他应该说"就是因为没有"，或者"就是因为不存在"。

　　说着他很用力地用捞网在水草底下捞了一下，就这样，他捉住了可怜的小汤姆。

　　他感到网很沉，迅速地把它捞出水，汤姆在里面，被网眼卡住了。

　　"天哪！"他嚷道，"多大的一只粉红海参啊；还有手！一定和白海参是亲戚。"他把水孩子从网里拿了出来。

　　"还有眼睛！"他嚷道，"一定是一只乌贼！这是最不平常的事情！"

　　"不，我不是！"汤姆直着嗓子嚷道，他不愿意被人用坏名字来称呼。

　　"这是个水孩子！"艾莉嚷道，当然，她说对了。

　　"要么是水胡扯，亲爱的！"教授说完，猛地扭过脸去。

　　不容否定。这是一个水孩子，一分钟之前他还说过没有水孩子，这叫他怎么办？

　　当然，他会把汤姆放在水桶里带回家的。他不会把汤姆放在酒精里。当然不会。他会让汤姆活着，宠爱汤姆，因为他是个非常仁慈的老绅士。他会写一本关于汤姆的书，给汤姆取一个很长的名，一个很长的姓，其中第一个会提到一点汤姆，第二个则全是他自己；因为他当然会把汤姆叫作海德罗泰克诺恩·普滕姆棱斯普厄次，或别的什么差不多的长名字；因为现在他们只能用长名字来称呼每一样东西，短名字都被用光了。

　　但是，如果那样，所有博学的人会对他怎么说？艾莉会怎么说？刚才他还对她说没有水孩子。

　　现在，如果教授对艾莉说："是的，我亲爱的，这是一个水孩子，他是一种非常奇妙的东西。他使我明白，对于奇妙大自然，虽然我经过四十年的光荣劳动，但我仍然知道得太少了。我刚才还对你说不可能存在这种动物，可是瞧！这就来了一个。这一下我明白了，大自然能够创造和已经

第04章

创造出来的东西,是人的可怜的想象力所远不能及的。"我想小艾莉一定会对他更加坚信不疑,对他尊敬得更加深切,比以往任何时候更加爱他。

但是他可不这样想。他犹豫了一会儿。他很想拥有汤姆,但他又有些希望自己根本就没有捉住过他;最后,他非常想摆脱他了。

于是,他转过身去,用手指拨弄着汤姆,想考虑出一个比较好的办法来。

他漫不经心地说:"我亲爱的小小姐,你昨天晚上一定梦见水孩子了,你满脑子都是水孩子。"

这时,汤姆一直都处在最可怕的恐惧之中,而且不敢出声。尽管他被称作海参和乌贼,但他仍然尽量保持安静,因为他的小脑袋里有一个顽固的想法,那就是,如果一个穿衣服的人抓住了他,就会给他也穿上衣服,再把他变成一个脏乎乎、黑乎乎的扫烟囱的孩子。

但是,当教授用手指戳他的时候,他实在受不了了,他又是害怕又是愤怒地狂叫起来,就像被逼到墙角里的老鼠一样勇敢。他还咬教授的手指头,把它咬出了血。

"哦,啊,呀!"教授喊叫着,他很高兴找到了一个摆脱汤姆的借口,把他扔到了水草上。于是,汤姆潜入水中,一会儿就不见了。

"他真的是水孩子,我听到他说话了。"艾莉嚷道,"唉,他不见了!"她从岩石上跳了下去,想在汤姆溜到大海里去之前抓住他。

太晚了!更糟糕的是,她跳下去的时候滑了一跤,摔下去大约六英尺,脑袋撞在一块尖石头上,躺在那儿一动不动了。

教授把她拉起来,想把她弄醒;他呼唤着她,对着她大声喊叫,因为他非常爱她。但是,无论怎么样都喊不醒她。于是,他用手臂把她托起来,把她带到家庭教师那里,他们一起回了家。

小艾莉被放到床上,一动不动地躺在那儿。她只是偶尔醒一下,喊着水孩子,但是谁也不知道她说的是什么东西,教授也不说,因为他不好意思说。

一个礼拜以后,在一个月色迷人的夜晚,仙女们飞到她窗前,给她带来了一对翅膀。那是一对无比美丽可爱的翅膀,艾莉情不自禁地把它们戴在了身上。她和她们一起飞出窗子,飞越大地,飞越大海,飞入云彩;在这以后很长很长一段时间里,谁也没有见过她的踪影,听到她的一点儿消息。

人们之所以说谁也没有见过水孩子,原因就在这儿。至于我,我相信博物学家出去捕捞的时候,抓到过好几打水孩子;但是他们一点儿也不透露风声,重新把他们扔进了大海,因为他们怕推翻自己的理论。

但是你看,一个非常严厉的老仙女揭穿了教授,就像任何人到时候都会被揭穿一样。她知道教授会做什么,仿佛是从一本印成铅字的书上看到的,就像他们在亲爱的老西部乡村所说的那样。他正是那样做的,所以他先被揭穿了。

于是,老仙女非常严厉地就地处理了他。但是她说,她总是对最好的人最严厉,因为治好他们的机会最大,他们是对她回报最多的病人;因为她的工作必须得到和中国皇帝的御医一样的报酬:什么样的医生,就该有什么样的报酬。但可惜的是,她从来得不到那样的报酬。于是她处理了可怜的教授,因为他不实事求是,她就用非实事求是的东西塞进他的脑袋,看看他是否更喜欢它们。

因为他在看到水孩子之后,做出了不相信有水孩子的选择;她就让他去做比相信水孩子更糟的事:去相信独角兽、喷火龙、食人者、怪蛇、鹰头狮身鸟翅兽、大鹏鸟、海怪、狗头人、三头狗和其他稀奇古怪的动物。

大家从来不相信有这些东西,大家从来都不希望有这些东西,尽管他们对事情真相一点儿都不知道,而且永远不会知道。

这些动物是那么让人不安,那么令人害怕,那么使人惊慌,那么叫人恼火,那么让人迷惑,那么令人震惊,那么使人恐怖,弄得可怜的教授完全目瞪口呆。医生说,他精神错乱了三个月。也许医生们说对了,他们常常会说对的。

第 05 章

汤姆怎么样了呢？我前面说过，他从岩石上滑下了水。但是他忍不住一直在想着艾莉。他已经忘了她是谁，但是，他知道她是个小姑娘，尽管她比他大一百倍。

那没有什么稀奇。尺寸大小和种类是没有关系的。一棵小草完全有可能是一棵大树最亲的表兄；微克虽然是一只一丁点儿小的狗，它却知道莱恩妮斯虽然比自己大二十倍，可也还是一条狗呢。所以，汤姆知道，艾莉是一个小姑娘。他整天都想着她，渴望能和她一起玩。但是，他很快就得考虑一些别的事情了。

下面是一篇有关他的遭遇的报道，这篇报道第二天早晨刊登在《水证报》上。这份报纸是用最好的波纹纸印的，是给"你怎么待人她就怎么待你"大仙女看的。她每天早晨都仔细地读新闻，尤其是警察破案，这些事情你很快就会听说的。

那天，他正在三英寻①深的水中，沿着岩石向前走，观看鳕鱼捉对虾，

---

① 英寻：英美制计量水深的单位，1英寻等于6英尺，合1.828米。

獭鱼从石头上啃食藤壶、贝和其他各种甲壳动物。

这时，他看见了一个绿柳枝做的圆笼子。里面坐着汤姆的龙虾朋友，他看上去非常害臊；这一回，他不是在摆弄自己的钳子，而是在摆弄自己的触须了。

"怎么回事？是你太淘气了，还是他们把你关起来的？"汤姆问道。

龙虾对汤姆的这种想法有些气愤，但是他心情很沮丧，不想和汤姆争吵，所以他只是说："我出不去了。"

"你为什么进去？"

"为了那块讨厌的死鱼肉。"

在笼子外面的时候，他可没有认为它讨厌；他觉得它看上去那么诱人，闻起来那么香。对于龙虾来说，它确实是这样。现在他反过来骂它，是因为他对自己很生气。

"你从哪儿进去的？"

"从顶上那个圆洞。"

"那你为什么不从洞口出来呢？"

"我出不来。"

龙虾一边说，一边更用力地折腾自己的触须，但是他只好说实话：

"我已经向上、向下、向后、向左、向右跳了至少四千次，但是我出不去；我总是被上面给挡住，找不到那个圆洞。"

汤姆观察了一下那个笼子，他比龙虾聪明多了，很容易就看出那是怎么一回事情。如果你看到龙虾笼子，你也会一下子就明白的。

"别跳了，"汤姆说，"把你的尾巴翘起来，转过来对着我，我把你从正中间拉出来，这样你就不会被倒尖桩戳到了。"

但是龙虾非常蠢笨，对不准那个洞。

许多许多狐狸猎手在自己的地盘里的时候都是非常灵敏的，但是一旦到了外面，就晕头转向了；龙虾也是这样，对他来说，是晕尾转向了。

汤姆爬上笼子，从洞口向下爬，终于抓到了龙虾；然后，不出我们所料，笨龙虾将汤姆一个倒栽葱拽了进去。

第 05 章

"喂!你可真会制造麻烦,"汤姆说,"用用你的大爪子吧,把那些倒尖桩上的尖头弄掉,那样我们俩都很容易出去了。"

"天哪,我怎么没有想到这个呢,"龙虾说,"我有那么丰富的生活经验!"

你看到了吧,经验是没有多大用处的,除非人或龙虾有足够的智慧使用它。有许多许多人,例如老波洛涅斯[①],几乎世界上什么事情都见过了,但是最终仍然比小孩子强不了多少。

他们才把尖桩的尖头弄掉一半,就看到头顶上来了一大团乌云,瞧,那是水獭。她见汤姆的处境,顿时狞笑个不停。"呀,"她说,"你这个爱管闲事的坏蛋,这回我可逮住你了!我要让你知道,向鲑鱼告我的密,把我的行踪说出去,你会有什么好处!"

说完,她爬到笼子上,想钻进来。汤姆吓坏了。当她发现了顶上的洞,龇牙咧嘴地从洞口向下探着身子,拼命扭动着想挤进来时,汤姆更加害怕。

但是她的头刚刚伸进来,英勇的龙虾先生就一下子抓住她的鼻子,死不松手!

现在,笼子里成了他们三个混战的场所,翻来滚去,里面都快装不下了。龙虾撕扯水獭,水獭撕扯龙虾,把可怜的汤姆挤得透不过气来;幸亏他终于爬到水獭的背上,安全地从洞口逃了出去;否则,不知道会发生什么事呢。

他出去以后真是高兴,但是他不愿抛弃刚才救他的龙虾朋友。他一见到龙虾的尾巴翘到最高的地方,就立刻抓住龙虾,用尽全身力气往外拉。但是龙虾不愿意松手。

"快出来,"汤姆说,"你没有看到她已经死了吗?"

她真的死了,完全淹死了。这就是那个邪恶的水獭的下场。但是龙虾不愿意松手。

[①] 波洛涅斯:莎士比亚著名悲剧《哈姆雷特》中的人物,当朝宰相,哈姆雷特的恋人奥菲丽亚的父亲。

"快出来，你这个愚蠢的老木疙瘩，"汤姆嚷道，"否则渔夫会来抓你的！"

汤姆说得没错，他已经感觉到上面有什么人在向上提笼子了。但是龙虾不愿意松手。

汤姆看见渔夫把他提到小船旁，心想龙虾这回完了。可是龙虾一看到渔夫，就猛烈一拉，他的动作太剧烈了，一下子就拉掉了爪子，出了笼子，安全地逃进了大海。但是他丢了自己有瘤节的那只爪子。他的笨脑子从来没有想过松手，所以干脆把爪子甩掉，这样更容易脱身。汤姆后来问他为什么不松手，他非常坚决地说，在龙虾中间，爪子关系到荣誉。看来确实如此。

现在汤姆碰到了一件最美妙的事情。他离开龙虾还不到五分钟，就遇到了一个水孩子。

这是一个真的、活生生的水孩子，坐在白沙上，正忙着摆弄一块石头的小尖尖。他看见汤姆以后，仰起头端详了一会儿，然后嚷道："嘿，你不是我们中间的人。你是新来的孩子！哦，多让人高兴啊！"

他向汤姆跑来，汤姆向他跑去，他们紧紧地抱在一起亲吻，很长时间，他们不知道这是因为什么。但是，在水底下，大家是用不着互相介绍的。

最后汤姆说："哎，这些日子你们一直在哪儿？我找了你们那么长时间，我太孤独了。"

"我们天天都在这儿。石头附近有几百个孩子呢。你怎么看不见我们？我们每天晚上回家之前，都唱歌、嬉闹，你也听不见？"

汤姆重新凝视了一会儿那个孩子，然后说道："嗯，这太妙了！像你们这个样子的动物我不知看见过多少回，但我把你们当成了海贝和海里的其他动物。我从来没有把你们看成是和我一样的水孩子。"

这不是很奇怪吗？事实上，确实是太奇怪了，你一定想知道这是怎么回事。

你一定想知道，为什么汤姆在把龙虾救出笼子以后，才看到了水孩子。如果你把这个故事读九遍，然后自己想一想，你就会明白的。把什么事情都告诉小孩子并没有好处，那样，他们就不会自己动脑筋去思考了。那样，他们学到的东西，就不会比在达尔西默博士那儿学到的更多。在那儿，老师教课，学生听着，当时是省了许多麻烦。

"那么，"那孩子说，"过来帮我吧，否则，在我的兄弟姐妹们来这儿之前，我就干不完了，因为回家的时间到了。"

"我帮你做什么事呢？"

"修这块亲爱的、可怜的小石头。在上一次暴风雨中，一块巨大、笨重的大石头滚了过来，把它的脑袋完全撞掉了，上面的花都被磨掉了。现在，我要重新在上面种上海草、珊瑚和海葵，我要把它变成所有海岸边最漂亮的小石头花园。"

于是，他们俩在那块石头上继续工作起来，在上面种东西，把石头周身的沙子擦掉，他们开心极了。

潮水开始落下来。这时，汤姆听到其他所有的孩子都来了，笑声、歌声、喊叫声和嬉闹声传了过来：他们发出的这些声音就像波浪的声音一样。所以，汤姆知道以前自己一直听到和看到水孩子；只不过他不认识他们，因为他的眼睛和耳朵没有打开。

他们进来了，有好多好多。有的比汤姆大，有的比汤姆小，全都穿着干净洁白的小浴衣。当他们发现他是新来的，就一个个过来抱他，亲他，然后把他放在中央，围着他在沙地上跳舞。这时没有谁比可怜的小汤姆更幸福的了。

"现在，"他们同时嚷道，"我们必须继续赶路回家，我们必须继续赶路回家，否则潮水会落下去，把我们晒干。我们修好了所有损坏的海草，把坑中所有的石头放得整整齐齐，把所有的海贝重新栽进沙里，谁也看不出上个礼拜丑恶的暴风雨扫荡的痕迹。"

这就是岩石区潮水潭总是整齐干净的原因。因为在每场暴风雨之后，水孩子们都来到岸上，打扫它们，把它们打扮好，重新安排整齐。

只有在人们浪费并且将排污管通入大海，而不是把废物堆在田野的时候；只有在人们将鲱鱼头、死狗鱼或其他垃圾扔进水里的时候，水孩子才不会来。有时几百年也不会来，因为他们不能忍受任何臭的或脏的东西。

这时他们就让海葵和螃蟹来打扫一切。等到大海重新变得整整齐齐，等到软泥或干净的沙子掩盖了一切肮脏的东西，他们再来，种上活的鸟蛤、海螺、竹蛏、海参和金栉，重建一座美丽的、活的花园。我想，我去过的一切有水的地方都没有水孩子的原因就在这里。

水孩子的家在哪儿？在圣布伦丹①的仙女岛上。

你没有听说过备受尊敬的圣布伦丹吗？没有听说他，还有另外五个隐士，怎样在荒蛮又荒蛮的开利海岸②布道，最后精疲力竭，渴望休息？

圣布伦丹出游到老邓摩尔山的尖岬上，看到潮水咆哮着，围绕着布拉斯开兹群岛③，从世界的尽头流向大洋。

他叹息道："啊！要是我像鸽子一样有翅膀，那该多好！"

他看见，在微远的地方，在太阳沉入大海处前面一些的地方，有一片蓝色的仙女海，仙女海上是一群金色的仙女岛。

他说："那些岛是神圣的岛。"然后，他和朋友们扬帆远去，远去，向西，向着太阳落下去的地方。此后，再也没有听到他们的消息。

当圣布伦丹和隐士们来到仙女岛的时候，他们发现，岛上长满了雪松，到处是美丽的鸟儿。圣布伦丹坐在雪松下，对着天空中所有的鸟儿布道。

鸟儿非常喜欢他的布道词，就去告诉海里的鱼儿；鱼儿来了，圣布伦丹就对鱼儿布道；鱼儿告诉住在岛下洞穴中的水孩子，于是就来了好几百个水孩子。

圣布伦丹就在那儿教水孩子功课，教了好几百年。最后，他的眼睛老花了，看不见了；他的胡子太长了，不敢走路了，害怕踩着它摔跟头。

最后，他和五个隐士躺在雪松的树荫下面，一下子就睡着了。他们

---

① 圣布伦丹：16世纪的爱尔兰僧侣。因徒步寻找可能存在于亚特兰蒂斯的现世乐园而著名。在首次发现美洲大陆的时候，许多人相信那是圣布伦丹的仙岛。
② 开利海岸：即爱尔兰西海岸。
③ 布拉斯开兹群岛：在开利海岸以西。

一直睡到今天还没有醒。仙女们就自己带水孩子，教他们功课。

在那些宁静的、清爽的夏日傍晚，当太阳沉入金色云彩环绕的海岬和海岛中间，沉入碧空的尽头时，航海的人常常产生幻觉，觉得自己看见了圣布伦丹的仙女岛。那岛就在遥远的西方。但是，无论人们有没有见过，圣布伦丹的仙女岛曾经真的矗立在那儿。它是大洋中的一大块陆地，后来，慢慢地沉到海下面去了。

老柏拉图①把那个地方叫作亚特兰蒂斯②。他说，岛上的人非常聪明，他讲了许多有关他们的奇怪的故事，还有远古时代他们所进行的战争。

从那个岛上传出来许多奇花异草。这些花草，现在还在我们这块土地上生长着：康沃尔郡石楠、康沃尔郡铜钱珍珠菜、纤细的掌叶铁线蕨、在开利的群山上满山都是耐阴的虎耳草、德文郡的粉红色捕虫堇、爱尔兰的蓝色捕虫堇，还有许许多多的奇异植物。

这些花草都是仙女从圣布伦丹的仙女岛上带出来，给聪明人和好孩子的。

当汤姆来到岛上的时候，他发现，整个岛架在柱子上，岛的底部遍布着洞穴。那些柱子有黑色的、有绿色的、有绯红色的，还有的饰着一圈一圈红色的、白色的和黄色的砂岩；那些洞穴有蓝色的、有白色的，全都披着海草，门口挂着海草帘子；有紫色的、绯红色的、绿色的、棕色的，地上全都铺着柔软的白沙，水孩子们每天晚上就在上面睡觉。

为了保持干净和芳香，许多海蟹像猴子一样，从地上捡起碎渣，把它们吃掉；石头上爬满了成千上万的海葵、珊瑚和石珊瑚，他们整天清洗海水，使海水保持纯净。

不过，为了对他们做那些肮脏工作进行补偿，仙女们给他们全穿上颜色和款式都是最漂亮的衣服，使他们就像开满鲜花的巨大花床。

---

① 柏拉图：古希腊哲学家。
② 亚特兰蒂斯：大西洋中的一座神秘的岛屿，最先由柏拉图提及，据说最后沉入了海底。

在夜间维持秩序、防止发生坏事的，不是男警察或女警察，而是成千上万的水蛇，她们是最奇妙的动物。她们都跟尼瑞兹姓，尼瑞兹是照管她们的仙女。她们穿着绿色、黑色和紫色丝绒制的衣服，一节一节身体之间用一道一道的环连接起来。

有些水蛇有三百只脑子，她们都很机灵；有些水蛇每一节上都有眼睛，她们就看得特别清楚，如果有什么坏东西过来，她们就一下子扑过去。那时候，她们的几百只脚里一下子就会弹出数不清的东西，那些东西足够开一家刀具店：长柄大镰刀、双刃小刀、钩刀、螺丝刀、鹤嘴锄、开塞钻、叉子、别针、削笔刀、缝衣针、标枪……

她们对那些淘气的野兽又是刺，又是射，又是戳，又是扎，又是抓，那种滋味儿真是可怕，他们只有拔腿逃命；否则就会被剁成碎片，然后被吃掉。如果这里说的有一个字是假的话，那就连显微镜也不能相信了。

岛上有成千上万的水孩子，汤姆数不过来，你也没本事数：所有因为残忍的父母不愿意管，由仙女来照顾的孩子；所有因为被虐待、被忽视、被无知地伤害而遭到不幸的孩子；所有在小巷、大院、在摇摇欲坠的棚屋中，死于发烧、霍乱、麻疹、猩红热，死于那些谁也不应该染上、如果脑子正常谁也不愿意有一天会染上的疾病的孩子；所有被残忍的师傅和坏士兵杀害的孩子——他们都在那儿。

我真希望汤姆已经放弃了淘气的恶作剧，不再折磨哑巴动物，因为现在他有了许多一起玩的伙伴，让他开心。但是，我很难过地说，事情并不是这样。他喜欢打扰动物，除了海蛇以外的所有动物，因为海蛇不会容忍任何胡闹。

他搔石珊瑚的痒痒，弄得他们合上嘴；他吓唬海蟹，吓得他们躲进沙子里，只敢伸出两只小圆球似的眼睛偷看他；他把石头放进海葵的嘴里，让他们以为晚饭来了，空欢喜一场。

别的水孩子警告他说："当心你做的事，'你怎么待人她就怎么待你'夫人要来了。"但是汤姆闹得兴高采烈，而且运气很好，一点儿也听不进去。

终于,在礼拜五一大早,"你怎么待人她就怎么待你"夫人真的来了。

她是一位很吓人的女士,孩子一看见她,全都直直地站成一排,把浴衣拉平,把小手放在身后,好像是接受监察员的检阅。

她戴着一顶黑帽子,披着一条黑围巾,裙子没有衬架,一副很大的绿色眼镜架在一只很大的鹰钩鼻子上;鼻子钩得那么厉害,鼻梁都拱到眉毛上面去了;她的胳膊下面夹着一根很大的白桦木杖。

她的模样真是太丑了,以至汤姆很想对她做鬼脸;但是他没有做,因为她胳膊下那根白桦木杖的样子,他看着真有些不大受用。

她一个孩子一个孩子地看过去,似乎对他们非常满意;虽然她并没有提一个问题,问问他们的表现。

然后,她发给他们各种各样好吃的海点心:海饼、海苹果、海橘子、海牛眼睛、海太妃糖;对他们中间最好的孩子,她还发给了海冰激凌,那是用海牛奶做的,在水里不会融化。

如果你不十分相信我,你只要想一想:有什么比海里的石头更便宜、更多呢?那么为什么就不会同样有海太妃糖?如果在潮水比较低的时候找一找,谁都能找到海柠檬,而且也是切成四分之一块的;有时还能找到海葡萄,它们一串一串地挂在那儿。

汤姆看着所有这些香甜的东西都发完了,嘴里直淌口水,眼睛瞪得比猫头鹰的眼睛还要大;因为他希望最后也会轮到他。

是轮到他了。夫人叫他到前面去。她把手里拿着的一个什么东西伸到他面前,啪的一声扔进他嘴里。瞧,那是一个脏兮兮、凉冰冰、硬邦邦的石子儿。

"你是个很残忍的女人。"汤姆说着呜呜咽咽地哭起来。

"你是个很残忍的小男孩,是谁把石子儿放进海葵的嘴里,欺骗他们,让他们以为逮到了一顿好吃的晚饭的?你怎样对待他们,我就得怎样对待你。"

"是谁告诉你的?"

"你告诉我的,刚刚告诉我。"

汤姆一直没有开过口，所以他非常吃惊。

"不错，每个孩子都告诉我他做了什么错事，自己却不知不觉。所以，什么事情都瞒不了我。现在你去吧，做一个好孩子；如果你不再向别的动物嘴里扔石子儿，我就不再向你的嘴里扔石子儿。"

"我以前不知道那有什么害处。"

"那么现在你知道了，人们老是对我这样说；但是我告诉他们，你不知道火会灼烧人，并不等于火就不会灼伤你。你不知道脏东西会使人发烧，不等于发烧就不会要你的命。那只龙虾不知道进入笼子有什么害处，但是照样被逮住了。"

"天哪，"汤姆想，"她什么都知道！"

当然是这样，她无所不知。

"所以，你不知道那些事做错了，并不等于你就不应该因此受惩罚。但比起明知故犯所受的处分，这只是小小的惩罚，小小的惩罚，我的小小伙子。"

无论如何，这位女士看上去还是很仁慈的。

"嗯，你对可怜的小伙子稍微厉害了一点儿。"汤姆说。

"一点儿也不厉害，我是你最好的朋友。但是我要告诉你，在人们犯错误的时候，我是忍不住要惩罚他们的。他们不喜欢惩罚，我也不喜欢。我常常为他们感到难过，可怜的小东西；但是我不能不惩罚。即使我不想惩罚，结果还是一样要惩罚；因为我是机械地去做的，就像引擎一样，我里面全是轮子和发条，发条被非常细心地上紧了，所以我不得不动。"

"是不是很久以前他们就给你上了发条？"汤姆问。

因为这个狡猾的小家伙这样想，总有一天发条会松的，或者他们会忘了给她上发条，就像老格林姆从小酒店回来时，常常忘了给手表上发条一样，那时我就没事了。

"我上一次发条就永远用不完，这是很久很久以前的事了，我都忘了。"

"天哪，"汤姆说，"你被造出来已经很久了！"

"我从来没有被造出来过，我的孩子，我永远存在，我像永恒一样

第05章

古老,像时间一样年轻。"

这时,从女士的脸上掠过一丝奇怪的表情,非常严肃、非常悲伤,但又非常非常甜美。她抬起头,望着远方,她的目光越过大海、越过天空,似乎在注视着很远很远的地方的某个东西。

她这样看着的时候,脸上掠过一丝如此宁静、温柔、显示出耐心的、充满希望的微笑。有一刻汤姆觉得,她看上去根本不丑。

她看上去再也不丑了。她就像许多许多人一样,没有一副漂亮的脸蛋,但是看上去却很可爱,立刻就抓住了小孩子们的心;因为,房子虽然十分平常,却从窗口透出一种美丽善良的精神。

汤姆对着她的脸微笑着,那一刻,她看上去是那么的令人愉快。

这位奇异的仙女也笑了,她说:"是啊,你刚才认为我很丑,不是吗?"

汤姆垂下了头,脸一直红到耳朵根。

"我是很丑。我是世界上最丑的仙女;我会一直丑下去,直到人们的行为都变得足够好为止。那时候,我就会变得像我的妹妹一样漂亮,她是世界上最可爱的仙女。

"她的名字叫'她怎么待你你就怎么待人'。所以,她从我结束的地方开始,我从她结束的地方开始;不愿意听她的人就必须听我,这一点你会明白的。现在,你们都走开吧,只留下汤姆,他可以留下,看看我下面做什么。在他上学之前,这对他开始学好是一个很好的教训。

"汤姆,从现在起,每个礼拜五我都到这儿来,把所有虐待孩子们的人召集在一起,用他们对待孩子们的办法来对待他们。"

她所实行的惩罚使汤姆非常害怕,他爬到了一块石头下面。这使住在那儿的两只海蟹非常生气,而且吓坏了他们的朋友酪鱼。但是,汤姆不愿意让开。

她叫来了所有给小孩子吃泻药的医生。他们大多数都已经老了,因为年轻的都学好了。她让他们全体站成一排,他们的样子都很沮丧,因为他们知道会发生什么事。

首先,她把他们的牙齿都拔掉,再给他们身上到处放血;

然后，她让他们吃氯化亚汞、球根牵牛根泻药、盐、番泻叶泻药、硫磺和解毒甜剂，吃得他们脸上全露出恐怖的表情；

然后，她让他们吃了许多芥末和水做的催吐剂；接着一切从头再来一遍。

她整个上午就是这么度过的。

后来，她又叫来一大队愚蠢的女士，因为她们夹疼了自己孩子的腰和脚指头。

她用束腰带把她们全都捆得紧紧的，这使她们憋得很难受、想呕吐；她们鼻子变红，手脚发肿；

然后，她把她们可怜的脚硬塞进紧得要命的靴子，让她们跳舞；真的，没有谁跳得比她们更笨、更难看的了；

然后，她就问她们是不是很喜欢这样，如果她们说根本不喜欢，她就放她们走；因为，她们以前那样做只不过是遵循愚蠢的风俗，以为这样对孩子有好处。

然后，她叫来所有粗心的保姆，给她们全身刺进别针；让她们坐在童车里，用很紧的带子勒着她们的肚子，让她们的头和手臂垂在一旁，推着她们走；直到她们头昏眼花，直想呕吐，快要中暑为止。

不过，她们是在水下，应该说是中水暑。我向你保证，那种滋味和中暑一样难受。如果你坐到磨坊的水轮下面试试，你就会知道的。记着，如果你听到海底有车子轰隆隆行驶的声音，水手们会告诉你说那是地震，但现在你应该知道其实是另一回事。那是那位老女士在用童车推着保姆们。

忙到这时，她很累了，只好先去吃午饭。吃过午饭以后，她又继续工作。她叫来了所有残酷的校长。她一看见他们，就很可怕地皱起眉头，认真工作起来，好像一天中最重要的工作开始了。

她扇他们的耳光，用戒尺重重地敲他们的头，用藤条抽他们的手心；最后，她举起那根很大的白桦木杖，声音很响地打他们的全身，罚他们在她下礼拜五来之前，背完一篇三十万字的课文。

第 05 章

　　他们听了，全都号啕大哭，他们呼出的气冒上了海面，就像苏打水冒出的泡泡一样。这时，她很累了，很乐意停下来；确实，她这一天太忙了。

　　汤姆并不十分讨厌这位老女士，但是，他忍不住地认为，她有些狠毒。可怜的她确实有点狠毒，这一点儿也不奇怪：因为，必须等到人们都知恶行善的时候，她才能变漂亮，她必须等很长很长的时间。

　　可怜的"你怎么待人她就怎么待你"老夫人！有大量艰苦的工作等着她去做呢，她还不如生来就是个洗衣妇，整天站在木盆前面；但是你知道，人们并非总能选择自己的职业。

　　汤姆急于问她一个问题；无论如何，她看他的时候，不再用审视的目光了；而且，她脸上会时不时地露出一点儿明朗的笑容。她暗自轻声地笑着，这给了汤姆勇气。

　　他终于说道："请问，夫人，我可以问你一个问题吗？"

　　"当然可以，我的小宝贝。"

　　"你为什么不把所有的坏师傅带到这儿来，也狠狠地惩罚他们一顿呢？工头们毒打煤矿的童工；制钉的师傅用锉刀锉徒弟的鼻子，用锤子敲他们的手指头；还有所有扫烟囱的师傅，就像我的师傅格林姆，很久以前，我看见他掉进水里，我真希望他也会到这儿来。他曾经对我非常非常坏，我一点儿也没有冤枉他。"

　　这时，老女士的脸色非常严厉，汤姆看了不禁十分害怕，很后悔自己这么大胆。但是她并不是对汤姆生气。

　　她只是答道："整个礼拜我都在管他们，他们在另外一个地方，那儿与这里不同，因为他们属于明知故犯的一类。"

　　她的声音非常平静，但是里面却有什么东西使汤姆从头到脚感到刺痛，好像钻进了一大群海荨麻中间一样。

　　"但是这儿的人，"她继续说道，"并不知道自己是在做坏事，他们只是愚蠢，缺乏耐心。所以，我只是稍稍地惩罚他们，让他们有耐心，学会像有理智的人一样，运用他们的判断力就可以了。"

"对于扫烟囱的孩子、煤矿的童工和制钉的学徒,我妹妹已经派好人去阻止那种事情再发生了。我非常感激她,因为只要她能阻止残酷的师傅虐待可怜的孩子,我变漂亮的日期就可以提前至少一千年。

"现在,你要做一个好孩子,做一些他们没有做的、会得到善报的事;还有,我妹妹'她怎么待你你就怎么待人'夫人礼拜天来,也许她会注意你,教你怎么做。对于这个,她比我知道得多。"

说完,她就走了。

听说再也没有机会见到格林姆,汤姆真是非常高兴。不过,想到以前格林姆有时给他喝剩下的啤酒,他有些替格林姆难过。但是,他决定整个礼拜六都做一个非常好的孩子。

他真的那么做了,他不再吓唬海蟹;不再挠活的珊瑚的痒痒;不再向海葵的嘴里塞石子儿,让他们以为晚饭来了。

礼拜天早晨,"她怎么待你你就怎么待人"夫人真的来了。一见到她,所有的孩子都跳起舞、拍起手来,汤姆也尽其所能地跳舞。

说到这位美丽的女士,我说不出她的头发是什么颜色,她的眼睛是什么颜色;汤姆也说不出。任何人见到她时,心中都只有一个念头,那就是:她有一张他们一生所见过的或者最想见到的最甜美、最仁慈、最温柔、最有趣、最快乐的脸庞。

汤姆看得出,她个头很高,跟她姐姐差不多,但是不像她姐姐那样,又有节疤,又有棱角,又有鳞,又有刺。相反,她是照顾过孩子的女子中最和蔼、最温柔、最丰腴、最平和、最让人喜爱、最令人想拥抱、最美妙芬芳的女子。

她完全理解孩子们,因为她自己有许多孩子,有好多排、一大群,直到今天还有。她的全部快乐就是,只要一有空,就和孩子们一起玩。这说明,她是一个有见识的女子,因为孩子是世界上最好的朋友,一起玩的最好的伙伴。至少,世界上所有的聪明人都是这么想的。

所以,孩子们一见到她,自然全都上去抓住她,拉着她坐在一块石头上,爬到她怀里,缠住她的脖子,握住她的手;然后,孩子们都将大拇指放进嘴里吮着，依偎着，发出满足的呜呜声，就像一大群小鸡的声音一样，他们本来就应该是这样的啊。

那些没有在她身上找到地方的孩子就坐在沙子上，抱住她的光脚。你知道，在水里，是没有人穿鞋子的。只有汤姆站在那儿，盯着他们看，因为他不明白那是怎么一回事。

"你是谁，你这个小心肝？"她说。

"他就是新来的孩子！"他们把手指从嘴里拿出来，一起嚷道，"他从来不曾有过妈妈。"

说完，他们又全都把手指放进嘴里，因为他们不想浪费一点点时间。

"那么我就做他的妈妈，他应该有最好的位置。现在，你们大家都下来，马上下来。"

她举起了两只挂满水孩子的手臂：一只手臂上挂着九百个，另一只手臂上挂着一千三百个。她把他们全丢下来，丢进了水里。但是他们一点儿也不在乎，就像《斯图威尔的彼得》中那些淘气的孩子被圣·尼古拉斯浸到墨水池里时一样，毫不在乎。①他们甚至没有把大拇指从嘴里拿出来，就又划着水扭动着身体回到她身上，像一大群蝌蚪一样。最后她身上从头到脚什么也看不见了，只有密密麻麻一大片水孩子。

她把汤姆抱在怀里，放在她身上最柔软的地方，吻着他，轻轻地拍着他，温柔地、轻轻地和他说话。她说的那些事，他从前连听也没有听说过。汤姆仰望着她的眼睛，爱着她，爱着，爱着，最后，他一下子就在纯洁的爱中睡着了。

他醒来的时候，她正在给孩子们讲故事。她讲的是什么故事？她讲的故事是从圣诞夜开始的，但永远永远不会结束。

在她讲故事的时候，孩子们都把大拇指从嘴里拿出来，十分认真地听

---

① 《斯图威尔的彼得》一书中，有一幅画描述圣·尼古拉斯把一个淘气的小男孩的脑袋浸到墨水池里，以此来惩罚他的故事。

着；他们听的时候从来不伤心，因为她从来不给他们讲伤心的故事。

汤姆也在听，一直听不厌。他听了很久很久，终于又一次睡着了；当他醒来的时候，女士仍然抱着他。

"别走，"小汤姆说，"这样太美了。以前从来没有人抱过我。"

"别走，"所有的孩子一起说，"你还没有给我们唱歌。"

"好吧，我只有时间唱一支歌。那么唱什么呢？"

"失去的布娃娃！失去的布娃娃！"所有的孩子立刻一起嚷道。

于是，那位奇异的仙女唱了起来：

我曾经有一个可爱的小布娃娃，亲爱的，
那是世界上最漂亮的小布娃娃；
她的脸那么红艳那么洁白，亲爱的，
她有一头那么迷人的鬈发。
但我失去了可怜的小布娃娃，亲爱的，
那一天我在荒野里游戏玩耍；
我为她哭了不止一个礼拜，亲爱的，
但是我一直没有能够找到她。

我终于找到了可怜的小布娃娃，亲爱的，
那一天我去荒野里游戏玩耍；
人家说她已经变得不成样子，亲爱的，
因为她身上的漆已经掉光啦，
她的胳膊已经被母牛踩掉，亲爱的，
她的头上找不到一根鬈发；
但是，为了老交情，亲爱的，她还是，
世界上最最漂亮的布娃娃。

一位仙女唱这样的歌，可真是有点傻！而这些傻乎乎的水孩子们竟然十分开心地听这样的歌！

"那么，"仙女对汤姆说，"你是否愿意为了我，做一个好孩子，在我回来之前再也不折磨海里的动物?"

"你会再抱我吗?"可怜的小汤姆说。

"当然会,小宝贝。我很愿意把你带在身边,一直抱着你,只是我不应该那样。"

说完,她就走了。

于是,汤姆真的做一个好孩子了。从此以后,他有很长时间没有再折磨过海里的动物,他想活多久,就有多久。你放心,他现在仍然活着,活得很好。

啊,躺在仁慈的、备受喜爱的妈妈怀里听她讲故事的小孩子真是应该学好啊;他们真应该担心自己变得淘气、让妈妈美丽的眼睛流泪!

第 06 章

现在我要讲到这个故事最伤心的部分了。

我知道,有人读了会发笑,说有什么好伤心的,真是言过其实,但是我知道有一个人不会这样。他是一位军官,两撇灰白的小胡子有你胳膊那么长。有一次,他对同伴们说,他见过的事情中有两个场面最让人伤心。当时,他激动得热泪盈眶;要是能够阻止或弥补那样的事,让他干什么他都心甘情愿。

那两件事就是:孩子对着破了的洋娃娃哭,孩子偷吃糖果。

同伴们当面并没有笑他,因为他的胡子已经那么长、那么灰白。但是他走开以后,他们就在背后说他多愁善感什么的。只有一个人没笑,那是教友派的一位亲爱的小个子老太太。她的灵魂像她的帽子一样洁白,当然,一般来说她并不偏袒士兵们。她说话的声音很平静,真是一位地道的贵格会教徒。

她说:"朋友们,我脑子里产生了一个念头:他是一位真正的勇士。"

你一定认为,汤姆想要的一切现在都有了,他应该变成一个十分好的孩子。但是你错了。舒适惬意固然好,但并不能使人学好。其实,有时反而使人更淘气。

我很难过地说,小汤姆就是这样,因为他越来越喜欢吃海牛眼睛和海棒棒糖了，他那愚蠢的小脑袋里整天想的就是这两样东西，他总是希望能够多得到一些。他整天盘算着那位奇异的女士什么时候再来，带点糖果来给他吃；她会给他带什么，带多少，给他的会不会比给别人的多。整个白天，除了糖果以外，他什么也不想；整个晚上，除了糖果以外，他什么也梦不见。那么，结果怎么样了呢？

他开始观察那位女士，想找出她放糖果的地方。他躲躲藏藏、偷偷摸摸地跟踪她，假装是在看别的地方，在找别的东西。终于，他找着了，原来呀，她把它们放在一只美丽的珍珠母小柜子中，藏在远处一个很深的石头缝里。

他很想去打开那只小柜子，但又有些害怕。他一直想着它，慢慢地就不再那么害怕了。最后，他实在忍不住了，就把害怕两个字丢在一边。

一天晚上，其他的孩子都睡着了，汤姆却还在想着海棒棒糖，无法入睡。他悄悄地从石头中间爬到柜子旁边，瞧！它是开着的。但是他不但高兴不起来，反而害怕了。他但愿自己从来没有来过，因为，柜子里面的东西实在是太多太好了。

"我只碰它们一下。"于是，他碰了。

然后：

"我只是尝一下。"于是，他尝了一下。

然后：

"我只吃一个。"于是，他吃了一个。

然后：

只吃两个，只吃三个……他害怕她很快会来，把他捉住，于是，他索性狼吞虎咽起来，食而不知其味；而且，并没有享受到什么乐趣。

然后，他觉得有些不舒服。"再吃一个就不吃了。"他对自己说。然后，又是再吃一个就不吃了……

最后，他把它们全吃完了。

他做这些事的时候，"你怎么待人她就怎么待你"夫人一直看着他，她就在他身后。有人也许会问："那她为什么不把柜子锁起来呢？"这似乎很不寻常，但她从来不给柜子上锁；谁都可以自己去尝尝，想吃多少就吃多少。这很奇怪，但是确实如此。我敢说她什么都知道。也许，她是想让人们烫痛手指以后，再也不把手指伸到火中去。

她摘下了眼镜，因为她不想看得太仔细、太多。因为难过，她的眉毛抬了起来，抬到了头发里面。她的眼睛睁得很大，大得可以装下全世界的悲伤；她的眼里噙满了大颗大颗的泪珠，她的眼睛常常是这样的。

但是她只说了一句话："啊！可怜的小宝贝！你和别人一样。"

她是说给自己听的，汤姆听不见，也看不见她。对于这个，你一点儿也不能认为她是多愁善感。

如果你那么想，而且认为，在你、我或别的什么人犯了错误的时候，她会因为心肠太软，不对我们加以惩罚，饶了我们，那你就大错特错了。每一年每一天，都有许多人是那么想的。

那奇怪的仙女看见糖果被吃光以后，是怎么做的呢？

她有没有扑向汤姆，一把抓住他的后颈，夹着他、按下他的脑袋、押着他、打他、戳他、拽他、捏他、敲他、罚他站壁角、摇他、扇他耳光、让他坐在冰冷的石头上反省自己，等等？

一点儿也没有。如果你知道在哪儿可以找到她，你就可以看到她是怎么做的。但是你绝不会看到她那样做，因为她知道得很清楚，如果她那样做的话，汤姆就会挣扎反抗，他会又踢又咬、骂脏话，在那一刻，重新变成一个淘气、野蛮的扫烟囱的小孩，像以实玛利①那样，他与人人作对，人人与他作对。

她有没有责问他、逼他、吓唬他、威胁他，让他坦白？

一点儿也没有。我说过，如果你知道在哪儿可以找到她，你就可以看到她是怎么做的，但是你绝不会看到她那样做。因为如果她那样做的话，就等于让他因为害怕而说谎，那样对他更不好，甚至比重新变成扫烟囱的

---

① 以实玛利：亚伯拉罕与侍女夏甲所生之子，是社会公敌，被人们所唾弃。参见《旧约·创世记》第十六章第十二节。

第 06 章

野孩子还要坏，如果世界上还有比那更坏的事情的话。

所以，对于这件事，她一个字也没有说。甚至，在第二天，当汤姆和其他孩子一起来领糖果时，她也没有说什么。汤姆心里害怕，不敢来，但是更不敢不来；因为他担心那样一来，别人会怀疑他。

他想，糖果已经全被自己吃光了，哪里再有什么发给大家呢？到时候肯定会露馅儿。想到这个，他更是害怕得要命。因为，仙女肯定会问，糖果到哪里去了，是谁吃掉了？但是，瞧！她把糖果拿了出来，一点儿也没有少。汤姆惊呆了，心里更加害怕。

当仙女仔细打量着他的脸的时候，他从头到脚都在发抖；但是，她给了他和别人一样多的一份。他心想，她大概还没有发觉他做的事。但是，当他把糖果放进嘴里的时候，它们的味道使他讨厌极了，他直想呕吐，只好拼命地快跑，离开那儿。这以后的一个礼拜他都难受得要命，一直郁郁不乐。

第二个礼拜发糖果的时候，他又领到了自己的一份，仙女又仔细地打量着他的脸。她的神情悲伤极了，她从来没有这么伤心过。

这次糖果的味儿更让他受不了，但不管有多难受，他还是吃了下去。

"她怎么待你你就怎么待人"夫人来的时候，他想象着她会像别人一样抱他，但是她非常严肃地说："我愿意抱你，但是我不能，你身上有那么多角和刺。"

汤姆看看自己的身体，发现上面长满了刺，就像海胆一样。

这并没有什么奇怪。因为你必须明白，必须相信：人的灵魂制造人的身体，就像蜗牛制造自己的壳一样。我并不是开玩笑，我的小小伙子，我说这话是非常严肃、非常认真的。所以，当汤姆的灵魂长满了带着淘气性格的刺的时候，他身上就免不了也长刺。这样一来，就没有人愿意抱他、和他一起玩了，甚至看都不想看他。

现在，汤姆除了走开，躲在角落里哭，还能干什么呢？没有人会和他一起玩，原因在哪里？他自己心里全明白。

整整一个礼拜，他伤心透了。丑仙女来的时候，再一次仔细地打量他的脸，她的神情比以往任何时候更加严肃、更加悲伤。这时，他再也受不了了。

他把糖果扔掉，说："不，我不要糖果，我再也受不了它们了。"

说完，他放声大哭起来。可怜的小小伙子，他把发生的一切都告诉了"你怎么待人她就怎么待你"夫人。讲完之后，他害怕极了；他想，她会非常严厉地惩罚他的。但是她没有，她只是把他举起来，亲了他一下。那并不怎么让人舒服，因为她的下巴长满了硬毛；但是他太孤单了，他想，粗糙的亲吻总比没有的好。

"我原谅你，小小伙子，"她说，"只要主动把事情真相告诉我，我总是会立刻就原谅的。"

"那么，你愿意把我身上这些讨厌的刺全弄掉吗？"

"那完全是另一回事。你身上的刺是你自己长出来的，只有你自己才能弄掉。"

"我应该怎么弄？"汤姆问，重新又哭了起来。

"嗯，我想，你应该去上学了；我会给你带一位女教师来，她会教你除掉身上的刺。"

说完，她就走了。

想到女教师的样子，汤姆心里很害怕。他想，她当然会带一根白桦木杖来，或者带一根藤条来。但是他最后安慰自己说，也许她是一个像温德尔的那位老妇人一样的女教师。

但实际根本就不是。仙女带她来了，她是一个最美丽的小姑娘。长长的鬈发飘在她身后，就像一片金色的云彩；长长的袍子在她身体周围飘动着，就像白银做的一样。

"就是这个孩子，"仙女说，"你必须教他学好，不管你愿不愿意。"

"我知道。"小姑娘说，但是她好像不怎么愿意，因为她把手指放在嘴里，垂着眼睛瞟他。汤姆也把手指放在嘴里，垂着眼睛瞟她，他为自己感到十分害臊。

小姑娘好像不知道怎样开始才好，如果不是可怜的汤姆放声大哭起来，请求她教他学好，帮助他治好身上的刺的话，也许她永远也不会开始教他。

看到汤姆这个样子，她心软了，就开始教他；这个开始，就像世界上所有的孩子开始上课时一样有趣。

小姑娘教了汤姆些什么？她首先教他的，正是你从坐在妈妈的膝盖上学第一句祈祷词开始所学到的一切。但是，她教他的东西比那些简单多了；因为，我的孩子，那个世界上的课和这个世界上的课不同，没有许多很难的词儿。所以，水孩子们比你更加喜欢上课，希望学更多更多的东西。

从礼拜一到礼拜六，她每天都教汤姆；只是每个礼拜天她都回家去，由那位仁慈的仙女来代她上课。仙女还没有教他多久，他身上的刺就全都没有了，他的皮肤重新变得又光滑又干净。

"天哪！"小姑娘说，"唉，现在我知道你是谁了。你就是那一天，到我房间里来的那个扫烟囱的孩子。"

"天哪！"汤姆嚷道，"现在我也知道你是谁了。你就是那一天，我看到的那个躺在床上的、洁白的小姐。"

他向她奔过去，想紧紧地抱住她，亲吻她。但是他没有那样做，因为，他想到她是出身很高贵的小姐。所以，他只是绕着她跳啊，跳啊，一直跳到累得跳不动为止。

然后，他们开始给对方讲自己所有的故事：

他讲他怎样到水里去，她讲她怎样摔到石头上；

他讲他怎样游到大海，她讲她怎样飞出窗子；

他讲他怎样这个、那个，还有……她讲她怎样这个、那个，还有……

等全部都讲完了，他们俩又从头再讲一遍。我说不准他们谁讲话讲得更快。

然后，他们又重新开始上课；他们俩都非常喜欢上课，整整七年过去了，他们还在那儿上课。

你会以为，汤姆在那整整七年中非常满足和幸福；但是事实上并不是这样。他脑子里总想着一件事，那就是，她每个礼拜天回家去，她的家在哪儿。

她回答说，在一个非常美丽的地方。

但是，那个非常美丽的地方是什么样的呢？它在什么地方？

啊！这正是她不能说的呀。这很奇怪，却是真的，任何人都不能说。那些常常在那个地方的人，或者即使是离那个地方很近的人，也一个字都不能说，连它是什么样子也不能让别人知道。

那个地方叫"世外奇境"，汤姆后来去了那儿。

有许多人住在它附近，他们吹嘘说对它从南到北都熟悉，好像他们在那儿当过邮递员似的；但是因为他们远在世外奇境，说什么都不要紧：那地方远着呢，离这儿有九亿九千九百万英里。所以，他们说什么和我们一点儿都没有关系。

但是那些真的去过那个地方的可爱、和蔼、有爱心、聪明、善良、愿意自我牺牲的人，是决不会对你说它一个字的；最多只是说，它是全世界最美丽的地方；如果你再问他们什么，他们就会谦虚地保持沉默，怕被别人笑话；他们这样做十分正确。

所以，善良的小艾莉所能说的就是，世界上其他所有地方加在一起也比不上它！她那样说，当然只能使汤姆急着也要去那个地方。

"艾莉小姐，"最后他说，"我想知道，为什么你每个礼拜天回家时，我不能和你一起去。你不说我心里就不得安宁，那样，也就不能让你安宁。"

"这个你得问仙女。"

"你怎么待人她就怎么待你"仙女来的时候，汤姆问了她。

"只配和海里的动物一起玩的小男孩是不能去那儿的，"她说，"去那儿的人必须首先去他不喜欢去的地方，帮助他不喜欢的人。"

"那么，艾莉也那样做过吗？"

"去问她。"

艾莉红着脸说："是的，汤姆。一开始我不喜欢来这儿，因为我在家里幸福极了，那里天天都是礼拜天。开始我很害怕你，因为……因为……"

"因为我浑身都是刺？但是我现在身上没有刺了，是吗，艾莉小姐？"

第06章

"是的，"艾莉说，"现在我非常喜欢你，我也喜欢到这儿来。"

"也许，"仙女说，"你也必须学会喜欢去你所不喜欢的地方，帮助你所不喜欢的人，就像艾莉那样。"

汤姆把手指放进嘴里，垂下了头；因为他一点儿也不明白其中的道理。

所以，当"她怎么待你你就怎么待人"夫人来的时候，汤姆又问。因为他的小脑袋里想，她不像她姐姐那样严厉，也许她更容易饶过我。

啊，汤姆，汤姆，傻家伙！我不知道我怎么能责备你，因为许多大人的心里也有这样的念头呢。但是，当他们这样想的时候，他们得到的回答也和汤姆的一样。当他问第二位仙女的时候，她说的话和第一位仙女一样，一字不差。

这样一来，汤姆心里很难过了。礼拜天艾莉回了家，他就整天地发愁、哭泣；对仙女所讲的好孩子的故事，他一点儿也听不进去；尽管那些故事比她以前讲的任何故事都好听得多。

其实，他越是听得多，就越是不喜欢听。那些故事全是讲某个孩子怎样做自己不喜欢做的事，怎样不怕麻烦帮助别人，怎样努力工作养活弟弟妹妹，而不是只顾自己玩。

她还讲了古时候一位圣子殉难的故事。那些野蛮人不愿意崇拜神的偶像，把圣子杀害了。她开始讲这个故事的时候，汤姆再也受不了了，他跑得远远的，躲在石头中间。

艾莉回来以后，他怕羞不敢见她，因为他觉得她会瞧不起他，认为他是个胆小鬼。接着，他又对她感到很反感，因为她比自己地位高，她能做的事情他不能做。看到汤姆这种样子，可怜的艾莉感到十分惊讶和伤心。最后，汤姆放声大哭起来，但是，他没法子把自己的真心话告诉她。

这一段时间，汤姆一直在想着艾莉礼拜天到哪儿去这件事，他完全被自己的好奇心吞没了。所以，他开始对自己的玩伴、对海里的宫殿等都失去兴趣。

也许，这样一来，汤姆感到轻松多了。他变得对周围的一切都不满意，他不想再待下去了，他要走，管它去哪儿呢。

"唉，"最后他说，"我在这儿太悲惨，我要走了，但愿你会跟我一起走。"

"啊！"艾莉说，"但愿我能跟你一起走，但不幸的是，仙女说了，如果你一定要走，你得自己一个人走。别弄那只可怜的蟹，汤姆。"

汤姆之所以戳那只蟹是因为他觉得很想恶作剧一番。

"别，汤姆，"艾莉说，"否则仙女会惩罚你的。"

汤姆几乎要脱口而出："我才不在乎她会怎么样呢。"但是，他及时地把话咽了回去。

"我知道她要我做什么，"他很伤心地发着牢骚，"她要我去找那个可怕的老格林姆。可我不喜欢他。如果我找到他，他会再把我变成一个扫烟囱的孩子，这个我知道。这就是我一直害怕的事情。"

"不，他不可能；这个我知道得很清楚。谁也无法把水孩子变成扫烟囱的孩子，谁也无法伤害水孩子，只要他是个好孩子的话。"

"啊，"淘气的汤姆说，"我知道你想干什么，你想说服我去找他，因为你对我厌倦了，想摆脱我。"

听到汤姆这样说，小艾莉睁大了眼睛，泪水涌了上来。

"啊，汤姆，汤姆，"她说，她伤心极了，哭了起来，"啊，汤姆！你在哪儿？"汤姆也叫道："啊，艾莉，你在哪儿？"他们这时互相看不见了。小艾莉正在离他而去，汤姆听到她喊他的声音，那声音越来越小，越来越微弱，最后，什么也听不见了。

还有谁比这时的汤姆更害怕？他在石头中间游上游下，游过所有的大厅和房间，游得比从前任何时候都快。但是，他找不到她。他呼喊她的名字，但是听不到她的回音；他问其他所有的水孩子，但他们都说没有见到她；最后，他浮到水面上，哭着，尖声喊叫"她怎么待你你就怎么待人"夫人，但是她不来。他又哭着，尖声喊叫"你怎么待人她就怎么待你"夫人。

也许，这是他所能做的最好的事情了。因为，她立刻就来了。

"啊！"汤姆说，"啊，天哪，天哪！我对艾莉太淘气了，我害死了她。我知道，我害死了她。"

"没这回事,"仙女说,"我送她回家了,她不会再回来,我不知道要过多久。"

仙女这样一说,汤姆哭得更厉害了。咸咸的大海因为他的眼泪而膨胀起来,潮水因为他的眼泪而涨得比前一天更高。

"你把艾莉送走真是太残酷了!"汤姆呜咽道,"无论如何,我要找到她,哪怕到世界尽头,我也要找到她。"

仙女非常仁慈地把他抱在怀里,就像她妹妹那样。她跟他讲明白,那不是她的错,因为她里面上了发条,像手表一样,一件事无论她喜不喜欢做,都无法不做。

然后,她告诉他,他已经受人照顾得太久了,如果他想成为一个男子汉的话,现在必须到外面的世界去闯一闯。她对他说,他必须像每一个降生到这个世界的人一样,完全靠自己在外面闯。用自己的眼睛看,用自己的鼻子闻,自己睡自己做的床,自己玩火就烫痛自己的手指头。

然后,她告诉他,世界上有很多精彩的东西可以看;如果一个人在其中还算勇敢、正直、善良的话,它将是一个多么奇异、有趣、有秩序、受人尊重、安排得井井有条,总的来说,是一个多么成功,其实是要多么成功有多么成功的地方。

然后,她对他说,无论遇到什么事情都不要害怕,因为只要他记住自己所上过的课,做他知道是正确的事,什么东西都无法伤害他。

最后,小汤姆被她安慰得很安心了,急着要动身,想立刻就走。

"只是,"他说,"如果在出发之前,我能够见艾莉一面该有多好!"

"为什么?"

"因为……因为如果能让我认为她原谅了我,我会非常非常快乐。"

一眨眼,艾莉就站在了汤姆面前。她微笑着,看上去非常快乐。汤姆忍不住要亲吻她,但他不敢,他害怕那样会对她不尊重,因为她是出身高贵的小姐。

"我走了,艾莉!"汤姆说,"我走了,哪怕走到世界尽头。但我还是不喜欢去,这是真心话。"

"啧！啧！啧！"仙女说，"其实你会非常喜欢的，你这个小坏蛋，你在心底里知道这个。但是如果你不喜欢，我会让你喜欢的。来吧，来看看只做自己喜欢的事情的人会有什么结果。"

她拿出了一个小橱子，她在石头缝里藏着各种神秘的小橱子。这个小橱子里放的是一本最最奇妙的防水书，上面有许多从没有见过的照片。书的扉页上写着："伟大而著名的为汝所乐者之族的历史。他们从努力工作之国而来，整天只想玩单簧口琴。"

他们在第一幅画上看到的是，那些为汝所乐者生活在"无忧无虑"山脚下的"现成"之土上，那儿到处生长着胡扯；如果你想知道那是什么，你必须去读《彼得·桑德普》这本书。

他们所过的生活非常像西西里岛上那些快活的老希腊人，你可以从古老的花瓶上面的画上看到那些希腊人。他们似乎有很充足的理由那样生活，因为他们不需要工作。

他们不住房子，而是住美丽的多孔石石洞，每天在温泉里洗三次澡；至于说衣服，那儿很暖和，先生们外出时穿得都很少，外加一顶三角帽、一双搭扣鞋、一些很轻便的夏日装备；女士们在秋天收集蜘蛛丝来做冬衣。

他们很喜欢音乐，但是嫌学钢琴和小提琴太麻烦；至于跳舞，那要用很多力气。所以他们整天坐在蚂蚁窝上，玩单簧口琴；如果蚂蚁咬他们，他们就站起来，换一个蚂蚁窝坐；再被咬，就再换一个。

他们坐在胡扯树下，等胡扯掉进他们的嘴里；坐在葡萄树下，把葡萄汁挤进他们的喉咙；如果有已经烤好的小猪边跑边叫"来吃我"——这是那个国家的名产——他们就等小猪跑到嘴边来，咬上一口，然后就心满意足了。

他们不需要武器，因为没有敌人会到他们的国土附近来；他们没有工具，因为任何东西到他们手里都是即到即用；那位严厉的"必然"老仙女从来不管他们，不来捉他们去，不逼迫他们运用他们的聪明才智，不叫他们死。

等等，等等，等等，世界上没有任何人能像他们那样舒服、方便、无忧无虑。

"唉,那种生活真快活。"汤姆说。

"你这样想?你有没有看到后面那座高大的山峰,"仙女说,"后面有烟从顶上冒出来?"

"看到了。"

"你有没有看到到处都是火山灰和火山渣?"

"看到了。"

"把书翻到五百年后,你就会看到发生了什么事情。"

瞧,火山像一桶炸药似的爆发了,然后像开水壶似的沸腾着;三分之一的为汝所乐者被掀到了天上,另外三分之一被火山灰闷死,所以只有三分之一活了下来。

"你瞧,"仙女说,"生活在燃烧的火山上会有什么结果。"

"啊,你为什么不警告他们?"艾莉说。

"我想尽办法警告他们。我让烟从山顶上冒出来,哪儿有烟,哪儿就有火;我让火山灰和火山渣落得到处都是,哪儿有火山渣,哪儿就会再有火山渣;但是他们不愿面对现实,亲爱的,极少有人愿意面对现实。

"他们编了一个纯属无稽之谈的故事,那肯定不是我讲给他们听的。他们说,烟是一个巨人的呼吸,那巨人是某个被埋在山下的神;火山渣是矮神烤全猪时留下的,还有其他胡言乱语。当人们这样想入非非时,我是无法教他们的,除非用好宝贝老白杨木杖。"

她把书翻到再五百年之后。书上是活下来的为汝所乐者,他们像以前一样,做他们乐于做的事情。他们懒得从火山旁边搬走。

所以他们说:"火山已经爆发了一次,这就足以说明不会再爆发了。"

他们的数量已经很少,但他们只是说:"人多好作乐,人少好吃饭。"

但事实并不是这样,胡扯树已经被火山烤死,他们已经吃完了烤猪,当然,不能指望烤猪生小猪。这样一来,他们的生活就很难了,只能靠坚果和用小棍子从地里挖出来的草根填肚子。

他们中有人谈到了种粮食,就像他们来"现成"国以前,他们的祖先所做的那样。但是他们已经忘了怎样做犁,甚至连怎样做单簧口琴也忘了。

而且，他们已经把许多年以前从"努力工作"国带来的粮食种子全吃光了。当然，出去再找一些来太麻烦了，谁也不愿意干。所以，他们只好很悲惨地靠吃草根和坚果活命，所有体弱的小孩子都死了。

"唉，"汤姆说，"他们变得比野人好不了多少了。"

"瞧瞧他们全都变得多么丑。"艾莉说。

"是啊，人如果没有烤牛排和葡萄干布丁吃，只吃蔬菜，嘴巴就会变大，嘴唇就会变粗糙。"

说着，仙女又把书翻到再五百年以后。这时，他们已经全在树上生活，做了巢来躲避风雨。树下是狮子。

"唉，"艾莉说，"好像狮子已经吃掉许多人，因为现在活下来的已经非常非常少了。"

"是啊，"仙女说，"你知道，只有最强壮、最灵活的人才能爬上树，免得被狮子吃掉。"

"他们都是些多高、多笨重、肩膀多宽的家伙啊，"汤姆说，"我从来没有见过这么粗野的人。"

"是啊，现在他们都变得非常强壮了，因为女士们只愿意嫁给最强壮、最凶猛的先生，因为他们能够帮助她们爬到树上，不让狮子抓住。"

她把书翻到再五百年以后。这时，他们的人数更少了，变得更加强壮、更加凶猛。他们的脚变成了很奇怪的形状，这是因为他们把脚当手用，来抓住树枝，躺在树上。

两个孩子看了非常惊奇，问仙女是不是她干的。

"是，但又不是，"仙女说，"只有那些既能用手又能用脚的人才能活得好，只有他们才胜过别人，活了下来，其余的都饿死了。"

"他们当中有一个人身上都是毛。"艾莉说。

"啊！"仙女说，"他将成为他们那个时代的大人物，成为整个部落的首领。"

她把书翻到再五百年以后，上面的内容证实了她刚才说的话。因为那个身上长毛的首领生了身上长毛的孩子，这些孩子又生了毛更多的孩子；

每个女人都希望嫁个身上长毛的丈夫,生下身上长毛的孩子,因为,气候已经变得非常潮湿,只有身上长毛的人才能活下去。其他的男男女女都咳嗽、打喷嚏、喉咙疼,还没有长大成人,就得了肺结核。

仙女把书翻到再五百年以后。他们的人数变得更少了。

"怎么有一个人爬着在地上拾草根?"艾莉说,"他不能直着行走了。"

他确实不再能直着行走了,因为就像他们的脚改变了形状一样,他们的背也改变了形状。

"唉,"汤姆说,"他们全是猿。"

"像猿,像得不能再像了,"仙女说,"他们变得很笨,已经不能思考问题;因为他们都有几百年没有用过自己的智慧了。他们也差不多忘了怎样说话。每个笨孩子连从笨父母那儿学到的几句话都记不牢,更没有聪明才智变化出新的话了。

"另外,他们变得非常凶猛野蛮,互相躲避,独自闷闷不乐、气呼呼地待在黑暗的森林里,从来听不到别人说话;最后,连说话是怎么回事几乎都忘了。恐怕他们很快就会完全变成猿了,这全是因为只做自己喜欢的事造成的啊。"

再五百年以后,因为坏食物、野兽和猎人,他们几乎都死光了,只留下一个老得可怕的家伙,嘴巴像一只涂着柏油的革制酒杯,站起来有七码高。杜差如①先生走到他面前,在他吼叫着拍胸脯的时候,朝他开了枪。

他记得他的祖先曾经是人,他想说:"难道我不是人,不是一个兄弟?"但是,他已经忘记怎样用舌头说话了;后来他想去找医生,但是他已经忘了医生这个词怎么说。所以,他只能说一声:"呜啵啵啵!"然后就死了。

这就是伟大而快乐的为汝所乐者民族的结局。当汤姆看到书的结尾的时候,他的样子非常悲伤和严肃。

---

① 杜差如:法裔美国旅行家、动物学家和人类学家,曾在非洲大陆旅行。

"难道你不能救他们，不让他们变成猿吗？"最后，艾莉问。

"首先，亲爱的，他们的行为得像人，决心做自己不喜欢的事情才行。但是，他们等得越久，行为越像愚蠢的野兽那样，只做自己喜欢做的事情，就越变越傻、越变越笨。最后，就无药可医了，因为他们已经抛弃了自己的智慧。正是这种事情使我变得更丑，我不知道什么时候才能变漂亮。"

"现在他们到哪儿去了？"

"到他们应该去的地方去了，亲爱的。"

"是啊！"仙女合上书的时候，半是自言自语似的、严肃地说，"人们说，我能把野兽变成人。嗯，也许他们说得对，但他们又说得不对。这是禁止我说的七件事之一，无论如何，这与他们的事情无关。

"不管祖先是什么，他们是人，我劝告他们行为要像人，要照此行事。让他们记住这一点吧，每个问题都有两个方面，有上山的路也有下山的路；如果我能把野兽变成人，那么，按照同样的原则，我也能把人变成野兽。

"你有一两次快要被变成动物，小汤姆。其实，如果你不是下决心做这一次旅行，像一个男子汉一样出去闯世界的话，你最后会不会变成池塘里的一只水蜥，我就不知道了。"

"哦，天哪！"汤姆说，"那我得趁早走，赶紧溜掉，我立刻就走，哪怕走到世界尽头。"

第 07 章

"现在,"汤姆说,"我准备动身了,哪怕到世界尽头。"

"啊,"仙女说,"真是个勇敢的好孩子。但是,如果要找到格林姆,那你要去的地方比世界尽头更远,因为他在世外奇境。

"你必须到闪光墙去,通过永不打开的白色大门;然后再去和平池,去嘉莉妈妈①的安息所,那是好鲸鱼死时去的地方。嘉莉妈妈会告诉你去世外奇境的路,你在那儿可以找到格林姆先生。"

"天哪!"汤姆说,"但是我不知道去闪光墙的路,也不知道它在什么地方。"

"小孩子必须不怕麻烦,自己找答案,否则就永远不会长大成人。所以,你必须向海里的各种兽和天上的各种鸟打听。只要你对他们好,他们中有的就能告诉你去闪光墙的路。"

---

① 嘉莉妈妈:从拉丁文 Mater Cara(意思是被爱戴的母亲)而来,该称号为地中海东部诸国和诸岛屿的水手所使用。暴风雨中的海燕被那些水手称作"嘉莉妈妈的小鸟",他们也常常这样来称呼雪花。

"嗯,"汤姆说,"那将是一次很长的旅行,所以我最好立刻动身。再见,艾莉小姐。你知道,我正在长成一个大孩子,我必须出去闯世界。"

"我知道你必须去,"艾莉说,"但你不要忘了我,汤姆,我在这儿等你回来。"

她和他握了手,同他道别。汤姆非常非常想吻她,但他认为那对她不尊重,因为她是小姐出身,所以,他只是保证不会忘记她。但是他满脑子转着闯世界的念头,五分钟便把她忘了。不过,我很高兴地说,尽管他脑子里把她忘了,心里却没有忘。

他向海里所有的动物和天上所有的鸟儿打听,但是谁也不知道去闪光墙的路。为什么呢?因为他所在的地方离北边太远了。

他遇到了一只船,这只船比他从前见过的船要大得多。那是一艘巨大的远洋轮,拖着长长的烟云尾巴。他很奇怪,没有帆它怎么能航行,于是就游到近旁去看。

一大群海豚在围着它赛跑,汤姆向他们打听去闪光墙的路,但是他们不知道。他想弄明白那船是怎么航行的,最后他发现,原来是螺旋桨在推动它。

他兴高采烈地整天在船尾下面跟着游,差一点儿被它的螺旋桨碰掉了鼻子,这时才想到自己该离开它了。

然后,他观察着甲板上的水手,还有戴着软帽、撑着花洋伞的女士;他们谁也看不见他,因为他们的眼睛没有打开。其实,世界上大多数人的眼睛都没有打开。

他继续向北游,一天又一天。有一天,他遇到了鲱鱼之王,他鼻子里长出一只马梳,嘴里叼着一条西鲱当雪茄。汤姆向他打听去闪光墙的路,他仓促地将那西鲱囫囵吞下,说道:

"如果我是你的话,年轻的先生,我就去孤独石去问最后一只大海鸦。她是一个非常古老的家族的成员,几乎和我的家族一样古老。她知道许多许多现在的人不知道的事情,就像老房子里的老夫人常知道许多陈年旧事一样。"

第07章

汤姆向他打听去她那儿的路,鲟鱼之王非常好心地告诉了汤姆。因为他是一个彬彬有礼的守旧派老绅士,尽管他长得丑极了,并且打扮花哨得稀奇古怪,就像一个懒洋洋地靠在俱乐部会所的窗户上的老花花公子。

汤姆刚谢了他游开,他就在后面叫道:"喂,我说,你会不会飞?"

"我没有试过,"汤姆说,"干吗?"

"因为如果你会飞,我劝你绝不要对那个老太太说。记住,别忘了,再见。"

汤姆向西北方向游去,他游了七天七夜,最后来到了鳕鱼海岸,他从来没有见过这样的地方。海底躺着成千上万的鳕鱼,他们整天狼吞虎咽地吃海贝类动物;上百头蓝鲨游来游去,遇上鳕鱼就吃了他们。

他们就这样吃、吃、互相吃,开天辟地以来他们就是这样。还没有谁到这儿来捉他们,发觉老嘉莉妈妈是多么富有。

在这儿,他见到了那最后一只大海鸦,她非常孤独地站在孤独石上。她是一个大个子的老太太,足足有三英尺高,站得笔直,就像古老的高地女酋长一样。

她穿着黑天鹅绒长袍,戴着白围脖,系着白围裙。她的鼻梁很高,这是高贵血统不容置疑的标志。她鼻梁上还架着一副很大的白色眼镜。这使她看上去更加古怪,但这些是她家族的古老风俗。

她没有翅膀,只有两只长着长羽毛的手臂,她用它们给自己扇风。她抱怨天气太热,她一直在轻轻地哼一首老歌给自己听,那还是很久很久以前,她还是一只小鸟的时候学的:

两个小鸟,在石头上坐着,
一个游走了,还留下一个;
和一位法——啦——啦女士。

另一个也游走,石头上没鸟了,
留下可怜的石头孤零零的;
和一位法——啦——啦。

鸟大概应该是"飞"走了，而不是"游"走了；但是因为她不能飞，她就有权利加以修改。无论如何，她唱这支歌很合适，因为她自己是一位女士。

汤姆很谦卑地走上前去，行了一个鞠躬礼。

她的第一句话是："你有翅膀吗？你会不会飞？"

"哦，天哪，我没有，夫人；这个我想也不想。"狡猾的小汤姆这样说。

"那我就很乐意和你说话了，亲爱的。如今，见到没有翅膀的东西可真让人长精神。现在，确实每一种新生自命不凡的鸟都有翅膀，都会飞。向上飞，把自己抬高到生活中的合适地位之上，他们又能得到什么？

"在我的祖先的时代，从来没有鸟会想要一双翅膀，而且没有翅膀过得很好；现在，他们都嘲笑我，因为我遵守古时候的好风尚。"

她还想说下去，汤姆却想插话；最后，他插上了话，因为这位老夫人终于说得透不过气来，又开始给自己扇风。趁这个机会，汤姆向她打听去闪光墙的路。

"闪光墙？还有谁知道得比我更清楚？几千年前，我们都是从闪光墙来的，当时那儿冷得还可以，气候还适合上流人士生活。可是现在，那儿真是热得要命，而且，长翅膀的下等东西飞上飞下，把什么东西都吃了。

"这样一来，上流人士的猎物被剥夺了，很难谋生；他们不敢离开石头出去冒险，因为害怕被什么飞着的东西撞上，那些东西一千年以前连到一英里之内的地方来都不敢——我说到哪儿了？

"唉，我们在世界上完全没落了，亲爱的，除了荣誉以外什么也没有留下。我是我们家族中的最后一个了。我和一个朋友是在年轻的时候来这块石头上定居的，为的是避开那些低等动物。

"以前，我们是最大的民族，遍布北方的岛屿；但是人类开枪打我们，敲我们的脑袋，拿走我们的蛋。你相信有这样的事吗，他们说，在拉布拉多海岸，海员们常常把木板从岩石上架到他们叫作船的东西上，沿着木板数百只地驱赶我们，把我们赶得成堆地摔倒在船舱里；然后，我想，他们吃了我们。"

第 07 章

"嗯，但是，我说到哪儿了？最后，我们几乎全体覆没，只有在古老的大海鸦岛上还有一些，那儿靠近冰岛海岸，什么人也爬不上去。

"即使在那儿我们也不得安宁。有一天，那时我还是一个小姑娘，突然地动山摇、海水沸腾、天昏地暗，空气中充满了浓烟和灰尘，古海鸦岛陷进了大海。

"我们有的被撞得粉身碎骨，有的被淹死，幸存下来的逃到了艾尔地，短嘴小海雀告诉我说，他们如今已经全死了。

"在以前的大海鸦岛旁边升起了一座新的大海鸦岛，但是那地方很破、很平坦，生活在那儿不安全，所以，我独自一个人待在这儿。"

这就是大海鸦的故事，这故事可能很奇怪，但是每个字都是真的。

"不过，请告诉我，到闪光墙的路怎么走？"汤姆问。

"哦，你要走了，我的小宝贝，你要走了。让我想想，我敢肯定，真的，我可怜的老脑袋十分糊涂了。你知不知道，我的小宝贝，我恐怕，如果你想知道，你得问那些下贱的鸟，因为我已经完全不记得了。"

可怜的老大海鸦开始哭，她流出的眼泪是纯油。汤姆很为她难过，也很为自己难过，因为他已经绞尽了脑汁，不知道再去问谁了。

就在这个时候，来了一大群海燕，他们是嘉莉妈妈自己的小鸟。汤姆觉得，他们比大海鸦女士漂亮；也许他们真的更漂亮，因为嘉莉妈妈发明海燕的时候，比发明大海鸦的时候多了许多许多的新经验。

他们像一大群黑燕子似的飞掠过去，从波峰之间跃过、滑过，小脚在身后举起，姿势那么轻灵优雅；他们还互相轻柔地叫唤着。汤姆立刻就爱上了他们，招呼他们，向他们打听去闪光墙的路。

"闪光墙？你想去闪光墙？那就跟我们走吧，我们给你指路。我们是嘉莉妈妈自己的小鸟，她派我们到大海的各处，给所有的好鸟指明回家的路。"

汤姆高兴极了，他对大海鸦行了个鞠躬礼，然后向他们游去。但是大海鸦并没有还礼，仍然笔直地站着，眼睛里流出纯油的眼泪，唱着：

留下可怜的石头孤零零的；

和一位法——啦——啦女士。"

但是她这一句唱得并不对,因为那块石头并不是孤零零的,在汤姆下一次经过的时候,他会看到一幅值得一看的景象。

那时老大海鸦已经过世,但是有更好的事物来取代她的位置。汤姆下一次来的时候,会看到成百的小渔船停泊在那儿。有从苏格兰来的,有从爱尔兰来的;有从奥克尼群岛来的,也有从谢德兰群岛来的。还有从北部所有的港口来的,船上装满了大海的主人斯堪的纳维亚人的儿子。

等到那时候,渔夫们将捕捞成千上万的大鳕鱼,直到手酸得拉不起渔网才歇手。他们将制作鳕鱼鱼肝油和鱼肥,腌制咸鱼;将有一条军舰保护他们,一座灯塔给他们指路。

你和我,也许会有一天去孤独石,去赶夏季海上大集市,捕捞人们从来没有见过的海里的动物。这就是汤姆下一次经过的时候会看到的情景,也许你和我也会看到。那时,我们不必为弄不到一只大海鸦做标本而遗憾。更不必说,像老斯堪的纳维亚人那样,找到足够多的大海鸦,把他们赶进石头围栏,然后屠宰他们;或者像老英国海盗和老法国海盗常做的那样,沿着木板把他们赶上船,把他们装上满满的一舱。

现在,汤姆急着动身到闪光墙去,但是海燕们说不行,他们首先得去大鸟岛。在夏季,所有海鸟都要向北方岛屿上的繁殖地迁徙;在这之前,他们要在大鸟岛进行大聚会。海燕要在那儿等他们,找到要去闪光墙的鸟儿。

他们要汤姆保证不说出大鸟岛在哪儿,否则人们会去那儿,用枪打鸟,把他们做成标本,放进愚蠢的博物馆。那样,他们就不能在嘉莉妈妈的水上花园里游戏、繁殖和干活儿了。那儿才是他们应该待的地方。所以,大鸟岛在哪儿,谁也不能知道。在这儿只能说的是,汤姆在那儿等了许多天。

不一会儿,海鸟们开始向岛上聚集了,黑压压的一片,成千上万,遮天蔽日:天鹅和黑雁、秋沙鸭和斑头秋沙鸭、潜水鸟和阿比鸟、鹧鸪和短嘴小海鸟、海雀和剃刀嘴鸟、塘鹅和海燕、贼鸥和燕鸥,还有各种各样叫不出名字、多得数不清的海鸥。

这些海鸟划着水、洗着、溅起水花,在沙滩上梳头、刷身体,最后海岸上全是一片白花花的羽毛。

他们嘎嘎嘎嘎、咯咯咯咯、咕咕咕咕、啾啾啾啾、吱吱吱吱、哇哇哇哇地说个没完,和朋友聊天,谈自己夏天去哪儿,在哪儿生孩子,等等,一大片声音,热闹得十英里路以外也听得见。

接着,海燕问这个、问那个,看有没有谁带汤姆去闪光墙。但是这个准备去索色兰岛①,那个打算去谢德兰群岛②,另一个要去挪威,下一个计划去斯皮兹伯根群岛③,再有一个去冰岛,还有一个的目的地是格陵兰岛,就是没有谁去闪光墙。

于是,教养好的海燕对汤姆说,他们自己带他一段路,但是只能带到央棉岛④,剩下的路只好他自己去找了。

这时,所有的鸟儿都飞起来,排成长长的、黑压压的队伍,向北、向东北、向西北,穿过夏日明亮的蓝天,开始了长途跋涉。他们的叫声就像一万群猎狗和一万组编钟。

只有海鹦留在后面,他们杀死小野兔,把蛋下在小野兔的洞穴里。当然,这种行为很野蛮,但是,人们不妨回过头来看看自己又是怎么做的。

当汤姆和海燕们向东北方向前进的时候,开始刮起了大风。原来,有个穿着灰色大衣的老绅士在墨西哥湾照看大铜水壶,他的工作落后了,嘉莉妈妈送了个电讯给他,跟他要更多的蒸汽。

---

① 索色兰岛:苏格兰最西北端的一个县。
② 谢德兰群岛:位于苏格兰北部。
③ 斯皮兹伯根群岛:北冰洋里的群岛。
④ 央棉岛:北冰洋中的一个岛,位于格陵兰岛以东三百英里。

现在蒸汽来了，一个小时就来了原本一个礼拜才来的蒸汽。噗噗噗、呼呼呼、嗖嗖嗖、飒飒飒地刮来，搅得你弄不清天在哪儿结束，海从哪儿开始。

但是汤姆和海燕一点儿也不在乎，因为吹的是顺风啊；他们从巨浪的峰顶上掠过，像许多飞鱼在欢快地飞行。

最后，他们见到了一幕难看的景象：一条巨轮的黑色船舷浸在海水的浪槽里。

它的烟囱和桅杆浸在水中，在它避风的那一面的下边摇晃着，随波起伏；它的甲板被冲刷得什么也没有了，就像扫过的谷仓地板一样干净，船上已经没有任何活的东西。

海燕飞到船那儿，绕着它飞，哀哭着，因为他们心中真的非常难过；同时，他们也想找到一些腌猪肉；汤姆爬到船上，四处张望着，非常害怕，非常伤心。

在那儿，在舷墙下面紧紧绑着的儿童吊床上，躺着一个熟睡的婴儿。

汤姆走过去，想弄醒他，但是，瞧，从吊床下面，窜出一条黑褐色的小狗，向汤姆吠叫，冲过来咬他，不让他碰吊床。

汤姆知道，狗的牙齿伤不到他；但是狗至少可以把他推开，狗来赶他了。汤姆和狗厮打着，他想帮那婴儿，但又不想把可怜的狗扔到海里。

正在他们相持不下的时候，一个绿色的大海浪打来，越过船迎风的一面，扑过来，把他们全都卷进了大海。

"哦，那孩子，那孩子！"汤姆尖叫着，但是接着，他就不叫了。因为，他看见那吊床在绿色的海水中稳稳地下沉着，婴儿在上面依旧睡着，脸上露着笑容。

他看见仙女们从海水下面上来，用柔软的胳膊托着婴儿和摇篮，把他们接下去。这时，他知道，一切都平安无事了；在圣布伦丹岛，又会有一个新的水孩子。

那条狗呢？他被水呛着了，咳了几下，很厉害地打喷嚏，把自己的皮都打掉了下来，变成了一条水狗。他跳过来，围着汤姆跳舞，在波浪的浪峰上奔跑，咬着海蜇和鲭鱼。在汤姆去世外奇境的路上，狗一路跟着他。

他们重新上路了。最后，他们终于看见了远处那高高的詹马银山，它像一只雪白的馒头一样，耸入云天，足有两英里高。到高山近前的时候，他们看见了一大群莫莉鸟①，那些莫莉鸟正在啄食一条死鲸鱼。

"下面可以让这些家伙给你带路，"嘉莉妈妈的小鸟们说，"我们不能再带你向北了，我们不喜欢到浮冰中间去，怕冻坏自己的脚趾。但是，这些莫莉鸟却是到处都能飞的。"

说完，海燕就向莫莉鸟打招呼；但是莫莉鸟们正忙着呢，他们咕咕哝哝，你争我夺，在贪婪地抢鲸鱼的肥肉吃，对海燕不理不睬。

"过来，过来，"海燕说，"你们这些又懒又馋的傻大个儿。这位年轻的先生要去嘉莉妈妈那儿，如果你们不照顾他的话，嘉莉妈妈就不会放过你们，懂吗？"

"我们是馋，"一只肥胖的老莫莉鸟说，"可是并不懒。至于你们骂我们是傻大个儿，你们比我们也好不了多少。让我们看看这个伙计。"

他拍着翅膀飞到汤姆面前，毫不害羞地端详了他一会儿。这些莫莉鸟原本全都是厚脸皮，这一点捕鲸鱼的人都知道。

然后，他问汤姆打哪儿来，最近见过什么陆地。

汤姆回答了他，他听了似乎很高兴，说汤姆千里迢迢来到这儿，真是个有胆量的家伙。

"来吧，伙计们，"他对其余的莫莉鸟说，"看在嘉莉妈妈的面上，把这个小家伙抛到浮冰那一边去。今天我们已经吃了够多的肥肉，稍微花些时间帮帮这个伙计也没什么。"

于是，这些莫莉鸟把汤姆背起来，笑着、闹着，飞了起来。他们身上弥漫着一股鲸油的味儿！

---

① 莫莉鸟：一种大海燕。

"你们是谁，你们这些快活的鸟儿？"汤姆问。

"我们是当年老格陵兰岛的船长的灵魂，每个水手都知道我们的大名。几百年前我们在这儿捕鱼，捕露脊鲸和马头鲸。但是因为我们莽撞而贪婪，我们被变成了莫莉鸟，一辈子吃死鲸鱼肉。但我们并不是傻大个儿，就是现在我们也能驾船跟北方的任何水手比个高低。我们对这些玩新花样的蒸汽轮船并不欣赏。海燕那样称呼我们真是不像话，那些黑色的小魔鬼，他们仗着自己是夫人的宠儿，就随便骂人。"

这时，他们已经到了浮冰的边缘。透过雾气、雪花和风暴，已经隐约可以看见浮冰那一边的闪光墙。

但是，那些巨人般的冰块在搏斗着、怒吼着、挤压着、撞击着，互相碾成齑粉。汤姆不敢到当中去冒险，否则，他也会被碾成齑粉。

再一看，他更害怕了。他看见，在那些冰块中间，漂着许多巨轮的残骸。有些船上的桅杆和帆桁还竖在那儿，有些船上的水手冻成了冰，牢牢地结在甲板上。啊，啊，他们真令人感慨！他们都是热血男儿，为了寻找那扇至今也没有打开的白色大门，像善良的漂游骑士一样从容就义。

善良的莫莉鸟们把汤姆和他的小狗背起来，带着他们平平安安地飞过浮冰，飞过那些怒吼着的冰巨人，把他们放在闪光墙的脚下。

"门在哪儿？"汤姆问。

"没有门。"莫莉鸟们说。

"没有门？"

"没有，连一条缝也没有，整面墙的秘密就在这儿。小伙子，那些比你强的家伙吃尽了苦头，也是一无所获。如果有门的话，他们早就进去，把墙那边的大海里游着的好鲸鱼全杀光了。"

"那我怎么办？"

"如果你有胆量的话，当然可以从浮冰下面潜水过去。"

"我大老远来到这儿，现在哪里有回头的道理，"汤姆说，"现在我就一头栽下去。"

第07章

"祝你一路交好运，伙计，"莫莉鸟们说，"我们知道你是个好样儿的。再见。"

"你们为什么不一起去？"汤姆问。

莫莉鸟们哀叫着："我们还不能去，我们还不能去。"他们飞回到浮冰那一边去了。

汤姆潜下水去，潜到那扇从未打开过的白色大门的下面，在黑暗中前进，在海底行了七天七夜。但是他一点儿也不害怕，他怎么会害怕呢？他是个勇敢的小伙子，他的志向就是出去看看整个世界。

最后他见到光亮了。头顶上是无比、无比清澈的水。他从一千英寻深的海底升上来，脑袋周围飘荡着海蛾形成的云。有粉红色脑袋、粉红色翅膀、乳白色身体，慢慢拍动翅膀的海蛾；有棕色翅膀、快速拍动翅膀的海蛾；有黄色的海虾跳过来，蹦过去，速度比谁都快；还有各种颜色的海蜇，不跳也不蹦，只是在那儿闲荡着，打着哈欠，不肯给汤姆让路。

小狗对着他们一个劲儿地乱咬，咬得嘴巴累了才住口。但汤姆对他们却一点儿也不在意，他急着要到水面上去，去看看好鲸鱼的水池。

这是一个巨大的水池，方圆有许多英里。这里的空气太清澈了，对面的冰山峭壁好像近在眼前似的。环绕水池的都是高高耸立的冰山峭壁，上面装点着冰墙、尖塔、城垛、山洞、拱桥、楼宇和长廊，那是冰山仙女所住的地方。她们在那儿驱赶风暴和乌云，让嘉莉妈妈的水池一年到头都保持安静。

太阳则充当警察，每天都出来巡视，从冰墙的顶端察看一切是否正常；他偶尔也变几个魔术戏法，放一些烟花爆竹，让仙女们高兴高兴。有时，他还会一下子变出四五个太阳，或者用白火在天幕上画一些圆环、十字和月牙，自己站在中间，向仙女们眨眼睛。我敢说，她们肯定很开心，因为这个国度里的一切都令人愉快。

在静谧的、像油一样的海面上，躺着好鲸鱼。他们是一些幸福的、睡意蒙眬的巨兽。你要知道，这些都是脾气好的鲸鱼，有脊鳍鲸、剃刀鲸、槌鲸，还有身上有斑点的、长着乳白色长角的海中独角兽。但是抹香鲸这种家伙脾气暴躁，喜欢横冲直撞、狂吼乱叫，如果嘉莉妈妈让他们进来，和平池就再也没有和平了。所以，她把他们单独关在南极的一个大水池里。那个水池在艾里伯斯山①东南偏南二百六十三英里，艾里伯斯山是冰雪世界中的大火山。在那个水池里，他们一年到头都在用他们的丑鼻子互相撞。

这儿只有好的、安静的动物。他们躺在那儿，就像单桅小帆船的黑色船体，不时喷出白色的蒸汽；或者张着巨大的嘴巴，像船一样航来航去，让海蛾游到他们的嘴里去。在这儿，他们十分安全、十分幸福，他们所要做的唯一事情就是：静静地在和平池里等着，等待嘉莉妈妈召唤他们去，把他们从旧动物变成新动物。

汤姆朝离他最近的一条鲸鱼游去，向他打听去嘉莉妈妈那儿的路。

"中间坐着的就是她。"鲸鱼说。

汤姆张望着，但是水池中央除了一座矗立的冰山以外，他什么也没有看到；他就这样对鲸鱼说了。

"那座山就是嘉莉妈妈，"鲸鱼说，"你到她跟前去就会看清楚的。她坐在那儿，一年到头都在把旧动物变成新动物。"

"她是怎么变的呢？"

"那是她的事，我就不知道了。"老鲸鱼说。说着，他张开大嘴打了个哈欠。他的嘴太大了，嘴里一下子就游进了九百四十三只海蛾，一万三千八百四十六只针头那么大的海蛰，九英尺长的一串锤囊虫和四十三只小冰蟹。

那些小冰蟹一个个互相夹了一下作为道别，把小腿缩在肚子下面，决定像裘力斯·恺撒②一样，死得体面一些。

"我猜，"汤姆说，"她大概是把你这样的大鲸鱼切割成一大群海豚吧？"

---

① 艾里伯斯山：南极大陆上的一座大火山。
② 裘力斯·恺撒：即恺撒大帝。

第07章

　　鲸鱼听了忍不住哈哈大笑，把所有动物都咳了出来。这一下，他们免遭了一场葬身鲸鱼巨腹的噩运，因此感到非常庆幸，赶快游走了。

　　汤姆好奇地向冰山游去。

　　他到冰山前抬头一看，冰山已经变成一位老夫人，他从来没有见过这样庄严的夫人。她坐在白色大理石宝座上，新生的动物不断地从宝座下面游出来，游向大海。他们千姿百态、五光十色，是人类做梦也想象不到的。他们是嘉莉妈妈的孩子，是她整天不断地用海水造出来的。

　　当然，人长大了就应该懂得更多，所以，汤姆本来以为一定会看到她在裁剪、打洞、配制、缝纫、修补、码线、锉、设计、敲、转、打磨、上模子、测量、凿、修剪，等等，就像人们动工制造产品时那种样子。但是，这种迹象一点儿也没有。她只是坐在那儿，手托着下巴，两只大大的、深沉的、像海水一样蓝的蓝眼睛俯视着大海。她的头发像雪一样白，因为她已经非常非常老了，事实上，和你可能碰上的任何最老的事物一样老，只有对与错之间的差别的存在比她更古老。

　　当她看见汤姆的时候，她用非常仁慈的目光看着他。

　　"你想要什么，我的小小伙子？我已经很久没有看到水孩子了。"

　　汤姆对她说了自己的使命，向她询问去世外奇境的路。

　　"你自己应该知道，因为你已经到过那儿。"

　　"我去过吗，夫人？我想我一定全忘记了。"汤姆说。

　　"那就看着我。"

　　汤姆看着她大大的蓝眼睛，立刻就清清楚楚地记起了那条路。

　　难道这不是很奇怪吗？

　　"谢谢你，夫人，"汤姆说，"那我就不麻烦你了，夫人。我听说你很忙？"

　　"我从来没有现在这样忙过。"她说道，可她连指头也不动一下。

　　"我听说，夫人，你一直在用旧动物制造新动物。"

　　"那是人们的猜想。其实我并不会自找麻烦动手去造，我的小宝贝。我只是坐在这儿，让他们自己造自己。"

"你真是个聪明的仙女。"汤姆心想。他的想法十分正确。

这是善良的老嘉莉妈妈的一个最非凡、最了不起的法术。有几次她曾在傲慢无礼的人身上使用过这种法术。

例如,有一次,有一个仙女很聪明,发明了制造蝴蝶的方法。我说的不是假蝴蝶,而是真的活蝴蝶,会飞,会吃东西,会产卵,会做一只蝴蝶应该会的一切事情。

她对自己的技术感到非常骄傲,径直飞到北极去,向嘉莉妈妈夸耀自己如何会制造蝴蝶。

但是嘉莉妈妈只是笑笑。

"要知道,傻孩子,"她说,"任何人只要肯下足够的功夫、花足够的时间、不怕麻烦,都能制造出东西来。但是,并不是任何人都能像我一样,让他们自己制造自己。"

人们并不相信嘉莉妈妈有这么聪明,如果不做一次去世外奇境的旅行,他们是永远也不会相信的。

"那么,我的可爱的小小伙子,"嘉莉妈妈说,"你确信自己真的知道去世外奇境的路吗?"

汤姆想了一下;瞧,他已经彻底忘记了。

"那是因为你的目光离开了我。"

汤姆看着她,于是记忆回来了,但他的眼光一移开,就立刻又忘了。

"那我怎么办,夫人?如果我走了,我就不能一直盯着你看了。"

"你必须不依靠我也找得到路才行。大部分人,九十九万九千世都只能这样做。你看着那条狗吧,他对那条路知道得非常清楚,而且永远不会忘记。另外,你在那儿会遇到一些脾气很古怪的人,如果你没有我给的这张护照,他们是不会放你过去的。你得把这张护照挂在脖子上,好好保管它。而且,因为狗总是跟在你后面走的,所以,你一路上都得倒着走。"

"倒着走!"汤姆嚷道,"那我就看不见路了。"

"完全相反,如果你朝前看,前面的路你一步也看不到,一定会走错路;你要看着身后,仔细观察你经过的一切事物,特别是眼睛要盯着狗,他是凭着直觉走的，永远不会错；那样，对于下面的路你就会一清二楚，就像从镜子里看到的一样。"

汤姆非常惊奇，但是他听从了她；因为，他已经学会了永远相信仙女说的话。

"就是这样，亲爱的孩子，"嘉莉妈妈说，"我讲一个故事给你听，你听了就知道，我这样说是完全正确的，讲故事来说明道理是我的习惯。从前，有两个兄弟。一个叫普罗米修斯①，他叫这个名字是因为他总是向前看，吹嘘说他先知先觉。另一个叫埃庇米修斯②，他叫这个名字是因为他总是向后看，从来不吹嘘什么；只是很谦虚地说，他能很快地后知后觉。

"嗯，当然，普罗米修斯是一个非常聪明的家伙，他发明了各种美妙的动物。但不幸的是，当这些动物被派去工作的时候，工作正是他们不愿做的事情。所以，他们几乎没有什么用场。现在，他们当中几乎没有哪一种留下来了，谁也不知道他们是什么。

"当然，埃庇米修斯是一个非常迟钝的家伙，他与大老粗、笨伯、慢性子之类的人为伍。许多年过去了，他只做了极少的事，不过他做过的事从来不用再返工。

"结果怎么样呢？有一天，两兄弟面前来了一个美丽的造物，这么美丽的女人是人们从未见过的。她的名字叫潘多拉，这名字的意思是'神赐的所有礼物'。

"这女人带着一个奇怪的盒子，一向对要发生的事情有先知先觉的普罗米修斯看到了，就不愿意理睬潘多拉和她的盒子。但埃庇米修斯接受了

---

① 普罗米修斯：希腊神话中的巨人，他从神那儿盗来火种，造福人类，受到众神之主宙斯的残酷惩罚，但不屈不挠。
② 埃庇米修斯：普罗米修斯的兄弟。他不听普罗米修斯的劝阻，接受神创造的美女潘多拉为妻，因此给人类带来了灾祸。危害人类的各种疾病正是潘多拉从盒子里放出来的。对这个神话的叙述各有差异，本书作者金斯莱的说法与希腊神话中的说法稍有不同。

她，也接受了盒子，准备接受一切后果，不管将来好坏，就同她结了婚。

"他们把盒子放在两人中间，把它打开，想看看里面是什么，因为除此以外，这个盒子对他们还可能有什么用途呢？从盒子里飞出来的是一切的疾病，它们侵入了人的肉体。还有一切有四大鬼怪附身的孩子，那四大鬼怪是任性、无知、恐惧和肮脏。更糟糕的是，还有淘气的小男孩和小姑娘；但是，在盒子里还留下了一样东西，那就是希望。

"这样一来，就像这个世界上的大多数人一样，埃庇米修斯遇上大麻烦了。但是，另外他也得到了世界上三样最好的东西：好妻子、经验和希望；而普罗米修斯遇上的麻烦并不比他少，你会看到，他还制造了更多麻烦，除了从自己的脑子里织出了幻想，就像蜘蛛从肚子里织出蜘蛛网一样，他什么也没有得到。

"普罗米修斯一直在看他前面很远的地方。他有一个火柴盒，那是他发明的唯一有用的东西。它有多大用处，就有多大害处。当他带着火柴盒到处跑的时候，他踩着了自己的鼻子，摔倒了；这样一来，他就把泰晤士河烧着了①，这火人们到现在还没有扑灭。所以，他被一根铁链子锁在山上；一只兀鹰看守着他，只要他一动，鹰就去啄他，以免他用自己的预言和理论把整个世界翻个个儿。

"在妻子潘多拉的帮助下，愚笨的老埃庇米修斯继续刻苦工作，他总是看看后面发生过什么事，最后，他竟然时不时地能知道接下来会发生什么了。

"他懂得了自己的利益所在，懂得了观望形势后再做决策。他开始制造能派用场的东西，并且继续工作。他耕种土地，给土地排水，发明创造纺织机、轮船、铁路、蒸汽犁、电报和其他一切你在大型展览会上看到的东西，预报饥荒、坏天气和公债价格。

---

① 这本是一个花哨的说法，意思是"做了一件非同寻常的事"，这里作者借用了字面上的意思。

第07章

"最后，他变得像犹太人一样富有，像农场主一样肥胖，人们要干涉他必须三思而后行，要求他帮助却尽管开口、不用费脑筋。因为他善于挣钱，也善于花钱。

"他的孩子成了科学家，得到了稳定的好工作；而普罗米修斯的孩子却成了理论家，成了惹人厌烦的人，成了吵吵嚷嚷、夸夸其谈的人，他们只去告诉愚蠢的人们会发生什么事，而不是看看已经发生了什么事。"

嘉莉妈妈的这个故事难道不是很有趣吗？我很快乐地说，汤姆对这个故事的每一个字都坚信不疑。因为在汤姆身上也发生了这样的事。

小狗跟在汤姆的脚跟后面，或者不如说在他脚趾前面，因为他不得不倒着走。这样，小狗朝什么路上走他可以看得很清楚；但是，倒着走总是比顺着走慢得多。所以，他非常刻苦努力。

我骄傲地说，汤姆尽管没有在剑桥读过书，但他是个顽强、坚毅、不屈不挠、率直、勇猛的小男孩，从和平池去世外奇境的路上，他的头一次也没有转过去，而是眼睛一直盯着小狗，只凭小狗辨别气味寻找道路：他们不论季节冷热，不管道路曲直，不问气候干湿，上高山下溪谷，只管按着应该走的路一路走去。所以，他一次也没有走错，而且看到了到今天为止凡人连想也想不到的奇妙事情。

第08章

在去世外奇境的路上，汤姆见到了许多奇妙的事情。现在要对这些事情的第九百九十九部分进行描述了。

这些内容应该让所有的好小孩都读一读。他们很可能也会去世外奇境，所以先了解一下情况很有必要，如果有朝一日他们真的去了那儿，就不至于一会儿忍不住放声大笑，一会儿吓得想逃走；就不至于做出什么愚蠢、不文雅的事情，冒犯"你怎么待人她就怎么待你"夫人。

汤姆一离开和平池，就来到了伟大的海洋母亲的白色裙兜里。它有一万英寻深。在这儿，它一天到晚不停地制造世界的岩浆；让蒸汽巨人们去搓捏，让火焰巨人去烘烤。最后岩浆就升上来，变硬成为面包山、饼岛。

汤姆差一点儿被熔在世界的岩浆里搓捏，变成水孩子化石。要是那样的话，几十万年后，一定会让新西兰地质学会大吃一惊的。

当时，他正踏着柔软的白色海底，在寂静的大海的曙光中走着；突然，传来一阵咝咝咝、呼呼呼、砰砰砰、哗哗哗的声音，就像全世界的引擎同时发动了一样。

他走近那种声音时，海水变得滚烫，这一丁点儿也没有伤着汤姆；问题是，海水变得很污浊，像粥一样黏。他不断地被死海贝、死鱼、死鲨鱼、死海豹和死鲸鱼绊倒，那些动物都是被热水烫死的。

第 08 章

最后,他在海底撞上了一条已经死去的大海蛇。他的身体非常粗,汤姆爬不过去,只好多走了四分之三多英里路绕过去。这样一来,他就大大地偏离了自己的路线。

当他回到原来的路线上时,他来到了一个叫"止步"的地方。于是他就在那儿止住了脚步。他停得真及时,因为他所站的地方是海底的一个大洞的边缘。从洞中呼呼地向上喷着水蒸气,它们足以同时发动世界上所有的引擎。

这些水蒸气非常清澈,真的非常清澈,连海底都在瞬间变得明亮起来。汤姆向上看,几乎可以看到海面;向下看,那个洞到底有多深,谁也不知道。

他刚刚弯下腰,从洞边伸着头向洞里看,鼻子就被里面喷出来的卵石狠狠地打了一下,他连蹦带跳地缩了回去。原来呀,水蒸气向上喷时,把洞壁冲坏了,把它们卷上来,在海水中形成了一个泥浆、砂石和灰烬一同喷射的壮观景象。

它们喷上来以后,向四周流散开来,然后又沉落下去,很快就把死鱼盖住了。汤姆站在那儿还不到五分钟,沙泥就已经埋到了他的脚踝,他真害怕自己会被活埋。

也许他真的会被活埋,他正想到这个,脚下的那块地方就整个地被扯掉,掀了起来;汤姆被弹上去,升了一英里高;当时,他真不知道下面会遇上什么事。

最后,他终于停了下来。砰!他发觉自己紧紧地缠在一些腿中间了,它们是一个海怪的腿,他从来没有见过这样的怪物。

我不知道海怪有多少翅膀,翅膀像风车叶子一样大,像风车叶子一样张开成一个圆。凭着这些翅膀,他在冲上来的蒸汽上方翱翔着,就像喷泉上的一只翻滚的球一样。

他的每一个翅膀下面都长着一条腿;每一条腿的尖端都长着一只像梳子一样的爪子;每一只爪子的根上都长着一只鼻孔。中间没有肚子,只有一只独眼。至于嘴巴,他的许多嘴全长在一边。

嗯，他真是一个奇怪的动物。不过，比起你可能见到的动物，他也奇怪不到哪儿去。

"你想干什么，"他十分不高兴地说，"干吗挡我的路？"

他想甩掉汤姆，但是汤姆觉得还是这样安全些，就紧紧地抓住他的爪子，不肯松手。

汤姆告诉他自己是谁，带着什么使命。

那怪物眨了眨他的独眼，以轻蔑的口吻说："我年纪并不小了，你的鬼话休想骗过我。你是冲着金子来的，我知道。"

"金子？金子是什么？"

汤姆确实不明白，但那多疑的老怪物怎么会相信呢？

过了一会儿，汤姆有些开始明白了。水蒸气从洞里喷上来时，那怪物就用他的许多鼻子去嗅，闻闻看属于什么品种；接着用他的许多像梳子一样的爪子去梳理和分类。分门别类后的水蒸气冲上去碰到他的许多翅膀，就变成金属，像大雨一样落下来。

第一只翅膀上落下来的是金雨，第二只上落下来的是银雨，另一只上落下来的是铜雨，再一只上落下来的是锡雨，还有一只翅膀上落下来的是铅雨，等等。这些金属雨落下来以后就沉入软泥里面，变成矿脉和分馏物，凝固下来。这就是岩石中间有许多金属的原因。

突然，有谁在下面把水蒸气给关掉了。一刹那间，洞里变得空空荡荡。

水很快就倒灌进洞里，形成一个很急的漩涡，弄得那怪物在上面团团打转，快得就像一只陀螺一样。但是对于他来说，这是家常便饭，就像骑马纵狗打猎哪有不摔跤的一样。

他就像什么事也没发生一样，只是对汤姆说："年轻人，现在是时候了；如果你真心想下去的话，就下去吧，我才不信你会动真格。"

"你很快就会看到的。"汤姆说。

说完，他就纵身跳了下去，像德国军人和冒险家巴隆曼·乔森一样勇敢。他随着那道洪流像箭一样射下去，就像波里索戴尔瀑布里的一条鲑鱼。

到达洞底以后，他游啊游啊；最后，终于平平安安地被冲到了世外

第 08 章

奇境的岸边。就像大多数人那样，他惊奇地发现，事情并不像自己原先以为的那样。

这个世外奇境和我们的大千世界倒是很像。

他经过的第一个地方是废纸国。此地成堆成堆的都是无聊的书，满山遍野，就像冬天树林里遍地的落叶一样。他看见人们在里面挖呀，掘呀，拱呀，从坏书中编出更坏的书来。

他们打的是谷糠，留下来的却是灰尘。奇怪的是，他们的生意却做得红红火火，在孩子们中间特别有市场。

然后，他到了污水海。他沿着海边走，来到胡乱饭菜山和糖果糕点地。这儿的地面黏糊糊的，因为是用坏奶糖做的，当然不是爱弗顿太妃糖。

地上到处都是深深的裂缝和洞穴，里面全是风吹落的烂果子、生的醋栗、黑刺李、酸苹果、荆豆浆果、蔷薇果、野山楂等一切有害的东西。这些东西孩子们只要弄得到手，就会吃下去的。但是那个国家的仙女们只要一看到它们，就尽快地把它们藏起来，不让孩子们看见；她们的工作非常辛苦，但却没有什么效果。仙女们藏旧渣滓有多快，那些愚蠢邪恶的人造新渣滓就有多快。

他们在那些东西上涂满石灰和有毒的颜料，而且竟然从科学老夫人的大书里偷来配方，根据它们发明出给孩子吃的有毒的食物，在集市和糖果店出售。

很好，让他们干吧。现在时候还没到，时候一到，举着白杨木杖的仙女就会把他们全捉住，逼着他们从店里的这一头吃到那一头，全部吃下去；那时，他们就会肚子疼了，这是医治他们毒害小孩子的毛病的好办法。

然后，他看见了世界上的所有小人。他们在写世界上所有的小书，书里写的是世界上其他所有小人的事，也许是因为他们那儿没有大人可以写。书名不是《吱吱叫》，就是《抽水机里的驳船》，或者就是《狭小、狭小的世界》，要不就是《唠叨个没完的小山包》，再不然就是《孩子们的废话日》……总之就是这一类的名字。

这个世界里的其他小人就读这些书，把自己想得和总统一样了不起；

也许他们是对的,因为自己的事情自己最清楚。但是汤姆却不以为然,他情愿看一本写巨人杀手杰克,或者写美女和野兽的好童话,从那种书里他可以学到一些自己不知道的东西。

然后,他来到了发明中心。当地人叫它"轴心",它位于北纬42.21度,东经108.56度。

接着,他又来到了普鲁普拉格莫辛岛。有些人叫它无赖港,但这种叫法是错误的,因为那地方是在布拉姆希尔灌木林的中央;并且,很久以前郡里的警察就已经对它进行了清剿。

岛上每个人都对别人的事情比对自己的事情更清楚。而且,所有居民都依据职权,待在"人类议会和世界同盟"房子的外边,扭歪了嘴,叫嚷仙女的葡萄是酸的。考虑到这一点,就可以想象到,那是一块非常嘈杂的地方。

在岛上,汤姆看见犁拉马,钉子敲锤子,鸟巢掏孩子,书写作者,公牛开瓷器店,猴子给猫刮胡子,死狗训练活狮子,等等。简短地说,大家都做自己不会的事;因为,在自己会做的事情或者假装会做的事情上,他们都失败了。

汤姆来到镇子中央的时候,他们立刻都围了上来,给他指路,或者不如说指出他不认识路;在指教他之前,他们至少应该先问一问他想去哪儿吧;可是对于这个,他们才不管呢。

一个拉他走这边。

另一个拽他去那边。

第三个嚷道:"千万不能向西走,我告诉你,向西走你就完了。"

"你瞧,我并没有向西走呀。"汤姆说。

另一个就说:"东在这边呢,亲爱的;我向你保证,这边是东。"

"我也不想去东边。"汤姆说。

"好哇,那么,无论如何,不管你走哪条路,你都是错的。"他们齐声嚷嚷道。

这是他们唯一一致的观点。他们同时指着罗盘针上所有的三十二个点，弄得汤姆以为英国所有的路标都到了一块儿，打起了架。

如果不是那条小狗，汤姆是不是能够脱身就很难说了。小狗觉得，那些人要把主人撕成碎片，就非常凶狠地去撵他们；这样一来，他们不得不考虑考虑自己的事情了；趁着他们去揉自己被狗咬伤的小腿的当儿，汤姆和小狗安全地离开了。

在岛的边缘，汤姆发现了愚人村，那是聪明人住的地方。正是那些聪明人，因为月亮掉进了水里，就去挖池塘；正是他们，为了四季如春，就种了一圈树篱，把布谷鸟围在里面。他发现他们用砖头把城门堵起来，因为它太宽了，小个子的人走不过去。汤姆只管走自己的路，因为那不关他的事；但他忍不住嘀咕道，在他的国家，如果小猫进不了大猫的洞，那就只有在外面喵喵叫了。

当他来到试金岛的时候，他看到了这些家伙的结局。岛上一片荒凉，只有遍地生长的蓟。原来，他们在那儿都被变成了耳朵有一码长的驴子，就像《木偶奇遇记》里的坏蛋卢歇斯一样。谁让他们瞎搅和自己不懂的事情呢。他们像卢歇斯一样，要等到蓟草变成玫瑰，才能从驴子变回来。在那一天到来以前，他们只有用这样的想法来安慰自己：耳朵越长，皮越厚，一顿好打也伤不了自己。

然后，汤姆来到一个名叫"流言蜚语"的大地方。这个国家有不下三十几个国王，另外有六七个公民；也许，下一回路过那儿的时候，公民人数会多一些。

在这个国家，汤姆陷入一场难以和解、黑暗、致命、毁灭性的战争。战争的一方是王子们和站在他们一边的君主，战争的另一边是谁呢？有一件事情我很有把握，那就是，如果我不告诉你，你永远也猜不着。

他们的战争是单方面的，他们的全部军事战略和战术由安全而容易的过程组成，那就是堵住耳朵，尖叫着："啊，别告诉我们！"然后逃跑。

当汤姆来到这个国家的时候，只看见所有的人，不论是高是矮，不管是男人、女人还是孩子，都在日夜不停地逃命，乞求别人不要把他们不知道的事情告诉他们。

不过，这个国家是个岛国（岛的环境和我们有幸居住的这个星球一模一样），他们又不喜欢水，大部分水都腐臭了；他们只好永远沿着海岸转圈子。所以，那是一项很艰苦的工作，尤其是对那些有事务要照管的人。

在他们后面，日夜奔跑着一位模样可怜、身体干瘦、衣衫褴褛、工作辛苦的老巨人。这样一位老先生本来应该受到悉心照料，给他吃一顿好饭，找一个好妻子，派他跟小孩子一起玩玩的。那样，他才能算是一个体面的老家伙；因为，虽然他的大脑过于发达，他也是有情感的人。

所有的人都逃避他，只有汤姆是个例外。他守在自己的地方，只是移动着两条腿，左闪右躲。巨人经过他身边时，俯视着他，好像很高兴、很欣慰地嚷道："怎么？你是谁？你竟然没有像其他人那样逃跑？"

汤姆注意到他在取眼镜，想看清楚汤姆是什么样子。

汤姆告诉巨人自己是谁，巨人立刻掏出一只瓶子和一个软木塞，想把汤姆收集在里面。

汤姆是何等的机灵呀，他身子一晃，到了巨人的近前，这样，巨人就找不到他了。

"别，别，别！"汤姆说，"我跋涉万里，走遍世界，还到过嘉莉妈妈的安息所，怎么能让你这样的老巨人用网捉住，起一个海参、乌贼之类的名字，关在瓶子里？"

当巨人明白过来，汤姆是一个多么伟大的旅行家时，便立刻和汤姆休战。找到了一个人，可以从他那儿听到许多自己从来不知道的事情，他太高兴了。他多么希望把汤姆留住，一直留到今天，听他讲自己的经历呀。

"啊，你这个幸运儿！"最后，他十分淳朴地说。

是啊，他是曾经无意中将世界翻了个个儿的巨人中最淳朴、最令人愉快、最正直、最仁慈的夫子大力士。

"啊，你这个幸运儿！要是我到过你去的那些地方，见到你见过的东西，那该多好！"

"嗯，"汤姆说，"如果你想这样，最好就像我一样把脑袋在水底下浸几个小时，变成一个水孩子，或者其他什么孩子，那样你就有机会了。"

"变成一个孩子,呃?如果我能那样做,并且有一个小时知道自己身上发生了什么事,我就会知道一切,就可以歇一歇了。但是我不能;我不能再变回小孩子了,即使我能,也无济于事,因为那样一来,我对自己身上发生的事就一无所知了。啊,你这个幸运儿!"可怜的老巨人说。

"但是,你为什么追这些可怜的人呢?"汤姆说。这时他已经非常喜欢巨人了。

"亲爱的,是他们追我,子子孙孙都在追我,追了好几百年了。他们用石头砸我,把我的眼镜砸掉了五十次。他们转圈子逮我,但是他们逮不住我,因为每当我转到原来的地方,我就跑得比上一次更快,变得比上一次更高大。

"我只是想和他们交朋友,告诉他们一些对他们有好处的事情,然而他们总是害怕听我说,这真是太奇怪了。"

"那你为什么不转过身来告诉他们?"

"我不能。你知道,我是埃庇米修斯的儿子之一,如果要跑,只能这样往回跑。"

"嗯,"汤姆心想,"这不关我的事。"

确实不关他的事,因为他是一个水孩子。

所以,巨人就这样转圈子追那些人,那些人就那样转圈子追巨人,就这样追呀追,据我所知或者据我所不知,到今天还在追。要到他和他们有一方或者双方都变成小孩子,这种情形才会结束。就像莎士比亚说的(因为是莎士比亚说的,所以是真的):

少年将会配上少女,

没有什么会出问题,

公的会重新拥有母的,一切都会皆大欢喜。①

---

① 引自莎士比亚喜剧《仲夏夜之梦》第三幕第二场。

然后，汤姆到了一个非常著名的岛。在伟大的旅行家格列佛船长[①]的时代，它叫作拉普达岛。但是"你怎么待人她就怎么待你"夫人已经给它改了名字，叫作头无托底子岛，意思是只有脑袋，没有身体。

当汤姆走近那个岛的时候，他听到一种声音：哎哟哎哟、嗯哟嗯哟、哼哟哼哟、哎呀哎呀、啊呀啊呀、苦呀苦呀。汤姆还以为是有人在给小猪穿鼻孔套鼻环，或者在小狗耳朵上剪口子做记号，或者在淹死小猫呢。但是，当他再走近一些的时候，他在那一片闹嚷嚷的声音中听清楚了几句话，那是他们从早到晚、通宵达旦唱个不停、唱给考试神听的头无托底子歌：

我学不会功课哟，考官要来了呀！

这是他们会唱的唯一一首歌。

汤姆来到岛上的时候，看见的第一样东西是一根大柱子，它的一面刻着"此地禁止携带玩具"。汤姆看了，心中一惊，但他不愿停下步子，看看它的另一面写着什么。

他的目光到处搜索，想看看岛上住些什么人。但是，没有男人，没有女人，也没有孩子；他只见到一些大萝卜、小萝卜、好甜菜、赖甜菜，这些菜上面一片叶子也没有，而且一半已经开裂、腐烂，从里面长出了伞菌。另一半活着的同时用六种语言向汤姆哭诉。

他们说话全都口齿不清："我学不会功课哟，快来帮帮我！"

一个嚷嚷道："你能教我怎样开出这个平方根吗？"

另一个叫道："你能告诉我天琴座 α 星和鹿豹座 β 星之间的距离吗？"

又一个喊道："美国俄勒冈州诺曼县斯诺克斯威尔镇的经度是多少，纬度是多少？"

[①] 格列佛船长：斯威夫特的名作《格列佛游记》(《大人国小人国的故事》)中的主人公。他出游四次，其中一次发现了拉普达岛，它是一座飞岛，岛上的居民把所有的时间都用来进行科学思考。

又一个大呼:"墨西攸斯·斯卡渥拉①的第十三个表弟的祖母的女佣的猫叫什么名字?"

还有一个问:"在一个还没有发现的国家里,什么事情也没有发生过的,一个没有人听说过的地方,它叫什么名字,你能告诉我吗?"

等等,等等,等等。

"如果我告诉了你们,对你们到底有什么好处?"汤姆说。

嗯,这个他们不知道;他们只知道,考官要来了。

接着,在一片种着瑞典芜菁的田里,汤姆撞上了一个大萝卜。你从没有见过有他那么大那么软的萝卜,他整整填满了一个洞。

他向汤姆哭叫着:"随便你愿意教些什么,请教我一些,行吗?"

"告诉你什么呢?"

"你乐意说些什么,就说些什么,反正我学一点就忘一点;所以我妈妈说,我得去将就了解一些常识。"

去将军了解一些上士②?汤姆对他说,他不认识什么"将军""上士",什么军官也不认识,只有一个朋友在军队里当过鼓手。不过,他来这儿的路上遇到过许许多多稀奇古怪的事情,倒是可以讲给他听听。

汤姆把自己的经历一股脑儿地都讲了,那可怜的萝卜听得很仔细。他听得越多,忘记得就越多,身上流出的水也越多。

汤姆以为他在哭,其实,那是他用脑过度,控制不住了。汤姆一边讲,那不幸的萝卜就一边往外淌汁水。他裂开,萎缩,最后简直不成样子了,只剩下一层皮和一泡水。

汤姆见了,吓得拔腿就跑,他很害怕被逮起来,说他杀害了那个萝卜。但是事情恰恰相反,那萝卜的父母高兴极了。他们把自己的孩子看成了殉难的圣人,在他的墓碑上刻上了一长串的碑文,赞扬他的天才、他的智慧,

---

① 墨西攸斯·斯卡渥拉:古罗马神话中公元前十六世纪的英雄。
② 这里是指汤姆听错了他们的话,把"将就"听成"将军","常识"听成"上士"。

说他是一个无与伦比的神童。

　　这对夫妻难道不是很愚蠢吗？但是，旁边的一对夫妻还要愚蠢。他们正在打一个倒霉的小萝卜，他还没有我的大拇指大呢。他们责怪他闷声不响，脾气倔强，不求上进。他们根本不知道，他读书读不进去，甚至连话也不说，是因为他身体里面有一只虫，把他的脑子吃空了。

　　这儿所发生的一切，使汤姆感到迷惑不解，心里非常害怕。他很想找谁问一下，这是怎么回事。

　　最后，他遇上了一根半截埋在土里的、很庄严的老手杖。它不但很结实，而且很有价值；因为它的主人曾是英国的学者和作家，好人罗杰·阿斯堪，它头上刻着一幅画，画上是手拿圣经的爱德华六世。

　　"你瞧，"手杖说，"从前，他们是一些要多可爱就有多可爱的孩子。要是让他们像正常人一样成长，然后交给我，那么到现在他们也还是可爱的孩子。

　　"但是他们的父母太愚蠢，不让他们做小孩子做的事情，比如采采花儿，做做泥饼，捉捉蚱蜢，在醋栗丛里跳跳舞什么的，而是一个劲儿地管束他们，逼他们做功课，做啊，做啊，做啊，上学的日子做上学的功课，礼拜天做礼拜天的功课，一天也不歇着。

　　"每一周有周末考试，每个月有月底考试，每一年有年终考试。每门功课至少考七遍，好像一次还不够，不够他们享受似的。最后，他们的脑袋越长越大，身体越长越小，全变成了萝卜大头菜，里面什么也没有，只有一泡水。

　　"但是他们的父母还嫌不够，只要他们的叶子一长出来，马上就给拔了，不让他们身上有一点儿带绿意的东西。"

　　"唉！"汤姆说，"如果亲爱的'她怎么待你你就怎么待人'夫人知道这件事，她一定会送许多陀螺、皮球、玉石和九柱戏玩具给他们，让他们快活得要命。"

　　"这没有用的，"手杖说，"他们现在有得玩也没法子玩了。你没有看见他们的腿部变成菜根、长到土里去了吗？这都是不锻炼的结果。这样一来，他们只能待在原地用功读书、闷闷不乐。

"不好，考官大主考来了，我说，你最好还是走开吧，否则，他会顺便也考考你和你的狗，再派你的狗去考其他所有的狗，派你去考其他所有的水孩子。

"谁也逃不出他的手心，他的鼻子有九千英里长，他能够下烟囱、穿钥匙孔、上楼梯、下楼梯、钻进太太的卧室，考所有的小孩子，还考所有小孩子的家庭教师。但是，'你怎么待人她就怎么待你'夫人答应过我，总有一天他会挨棍子的，到时候就由我来执行。要是我不遵命痛打他一顿，那才可惜呢。"

汤姆走了，可是他憋着一肚子的气，走得很慢；因为他多少有点儿想会一会那位考官大主考。那不是他嘛，他正在可怜的萝卜们中间昂首阔步地走着呢。

等他走到面前，汤姆才看清他的模样真是大得要命，凶狠得要命。他对汤姆大喊大叫，命令汤姆过去考试；吓得汤姆赶快逃命，小狗也拔腿就溜。

汤姆逃得真是及时。因为这时候，那些可怜的萝卜正又急又怕，忙不迭地往自己里面塞东西来应付考官。这样一来，他们成打成打地在他四周砰砰嘭嘭地爆掉了。一时间，汤姆真以为，他和小狗还有那儿的一切都要被炸上天去了。

然后，他来到了"长舌老妇无稽国"。他看见，一个小男孩坐在道路中间，哭得很伤心。

"你为什么哭呀？"汤姆问他。

"因为我没有像他们希望的那样害怕。"

"不够害怕？你可真是个奇怪的小家伙；如果你想害怕，那就来吧：砰——啪！"

"啊，"小男孩说，"你真是个好心人，但是我觉得这也没有什么可怕的。"

汤姆提议掀他个头朝地、揍他、踩他、用砖头砸他的头，随便干什么都行，只要能让他稍微舒服一些就好。但是，他只是很有礼貌地谢谢汤姆。他用的都是很长的字眼，他听见别人都是这样说话的；所以，他觉得自己也应该这样说才合适。

他仍然哭个不停，最后，他爸爸妈妈来了，于是马上派人去请巫医。他们是温厚的绅士和太太，非常愉快地和汤姆谈论他一路上的见闻。终于，来了一个男巫医，那人胳膊底下夹着一个滚雷箱。

起初，汤姆有些害怕，他以为那人是格林姆呢。但是他很快就发现自己搞错了，因为格林姆看人总是看着人家的脸，那人却从不正眼看人。而且，那人说话时，嘴里出来的是火和烟；那人打喷嚏时，喷出来的是烟花爆竹；那人一碰就叫，一叫就喷出沸腾的沥青来，有些还真黏人。

"我们又碰头了！"他叫道，就像童话剧中的小丑一样，"这么说，你无法感到害怕，我的小宝贝，呃？让我来。我会对你产生影响的！呀！嘭！哗啦啦！呼噜啪啦！"

他又是摇，又是乱敲，又是大嚷大叫，又是嚎，又是踩脚，又是胡说八道；然后，他碰了滚雷箱上的一个弹簧，里面立刻砰地跳出魔法灯笼、纸糊的妖怪、脚后跟装弹簧的玩具杰克，各种鬼怪都有。

一时间，叮叮咚咚、铿铿锵锵、当当嘟嘟、轰隆轰隆、吱嘎吱嘎、呜哇呜哇，闹得人心惊肉跳；那个小男孩两眼翻白，顿时不省人事。

啊！你是否希望有人去感化那些可怜的野蛮人，叫他们别再吓唬自己的小孩子，让他们抽筋、昏倒？

"那么，现在，"巫医对汤姆说，"难道你不想也这么来一下、受一场惊吓吗，我的小宝贝？我一眼就看出，你是个淘气、粗野的家伙。"

"你才是呢。"汤姆说，他根本就不买巫医的账。

那人向他冲过来，叫着："呸呸呸！"

汤姆就迎上去，对准他的脸，也叫着："呸呸呸！"并且，汤姆叫狗也冲上去，去咬巫医的腿。

你信不信，这样一来，那家伙夹着他的滚雷箱和所有行当，"哇"地叫了一声，掉头就跑，只顾逃命了。

他一边逃，一边尖叫着："救命啊！抓贼啊！杀人啦！放火啦！他要杀我！我破产啦！他想谋杀我，他要打破、焚烧、毁掉我价值连城的宝贝滚雷箱呀！那样你们在这地面上就再也没有雷阵雨了呀！救命！救命！救命！"

汤姆平安地离开那个国家后，心里真是说不出的高兴，那儿的噪声快把他的耳朵都震聋了。

他经历了无数次的冒险，一次比一次奇妙；最后，他看见前方出现了一座巨大的房屋。他向它走过去，心中在想着它究竟是什么东西，脑子里产生了一个奇怪的念头。

他觉得，他会在里面找到格林姆先生。

这时，有三四个人向他奔过来，叫喊着："站住！"

他们跑近了一些，汤姆才发现，那不过是几根警棍，没有胳膊没有腿地向他跑过来。

汤姆并不感到吃惊：他早就过了吃惊的时候了。他也不害怕，因为他并没有做过坏事。

他站住了。跑在最前面的警棍问他有何公干，他就拿出了嘉莉妈妈给的护照。

那警棍看护照的样子非常古怪，因为他只有一只眼睛，它长在他上端的中央；这样一来，因为身子直挺挺的，无论他看什么，他都只好倾斜着，向前伸着脑袋。奇怪的是，他这样竟然不会栽跟头。

"行，去吧！"最后他说，但又加了一句，"我最好和你一起去，年轻人。"

汤姆没有表示异议，因为这样的伴儿既令人尊敬，又让人感到安全。刚才奔跑的时候，那警棍的皮带松了；这时，他把皮带在把柄上绕整齐，和汤姆并肩向前走去。

"为什么没有警察提着你们？"过了一会儿，汤姆问道。

"我们和陆地世界里的那种生来愚笨的警棍不一样，他们没有人提着就不能走。我们可以独立地办事，而且办得很不错；当然，我本不该这样自吹自擂。"

"那么，你为什么在把柄上绕一根皮带？"汤姆问。

"好把自己挂起来，当然，是在下班的时候。"

汤姆得到了答案，就不再开口。最后，他们来到了监狱的大铁门跟前。警棍用自己的头在门上敲了两下。

大铁门上的一扇小窗子打开了，一杆大得吓人的铜制老式大口径短枪伸出头来张望着。他就是守门人，汤姆猛然之间看到他，不由得向后一缩。

"犯的什么罪？"他问。从他那大钟一样的嘴里出来的声音非常深沉。

"对不起，先生，不是罪犯。这位年轻的先生从老夫人那儿来，他想看看格林姆，那个扫烟囱的师傅。"

"格林姆？"老式大口径短枪说，枪口缩了回去，他也许是在查阅犯人名单吧。

"格林姆在第三百四十五号烟囱上面，"他在门里面说道，"因此，这位年轻人最好从房顶上走。"

汤姆望望那面高耸入云的墙，它看上去至少有九十英里高。他心想，这可怎么上去呢？汤姆向警棍做了个暗示，警棍立刻就把问题解决了。

他飞快地画了个圈子，在汤姆身后猛推了一把，汤姆不知怎么一下子就上去了，胳膊下面还夹着小狗。

汤姆沿着铅皮屋顶向前走去，路上又碰到另一名警棍。汤姆把自己的使命对他说了。

"很好，"他说，"跟我来吧。不过，那是没用的。汤姆是我见识过的犯人中最最铁石心肠的一个，除了啤酒和烟斗以外，他什么也不想。当然，那些东西在这儿是不允许的。"

他们在铅皮屋顶上向前走，屋顶上落满了烟灰。汤姆心想，这儿的烟囱一定有许多时候没有打扫了。但是，他很惊奇地发现，烟灰并不沾他的脚，一点儿也没有把它们弄脏。还有，烧红的煤到处都是，但却没有烫伤他的脚，因为他是个水孩子啊。

最后，他们来到了三百四十五号烟囱跟前。在烟囱顶上，直挺挺地插着可怜的格林姆先生。他只有头和肩露在烟囱外面，满头满脸的烟灰，丑极了，那副模样让汤姆真不忍心看。

他嘴里叼着烟斗，它并没有被点着，但是他仍然一个劲儿地吸。

第08章

"放规矩些,格林姆先生,"警棍说,"有一位先生来看你。"

但是,格林姆先生只是骂骂咧咧的,满口脏话,一个劲儿地嘟囔:"我的烟斗抽不动,我的烟斗抽不动。"

"嘴里不要不干不净,放规矩些!"警棍说。说完,他就像木偶剧《潘奇和朱迪》中的小丑潘奇一样,向上一纵,"啪"的一声,用自己的身子在格林姆脑袋上敲了一下。

格林姆想抬起手,揉一揉被敲疼的地方;但是,他办不到,因为,他的手给紧紧地夹在烟囱里,抽不出来。

现在,他只好放规矩一些了。

"嘿!"他说,"哦,是汤姆!我看,你是来嘲笑我的吧,你这个怀恨在心的小侏儒?"

汤姆向他保证,自己不是来嘲笑他,而是想来帮助他。

"我什么都不要,只要啤酒,可是我得不到;还有这个可恶的烟斗,没有火来点它,我没办法。"

"我来给你点个火。"汤姆说。

地上燃着的煤多得很,汤姆捡了一块,凑到格林姆的烟斗上,但它立刻就熄了。

"没有用的,"警棍说,身子靠在烟囱上看着他们,"我告诉你,这没有用。他的心太冷了,任何东西一靠近他,都会冻成冰。你马上就会知道这一点的,再清楚不过了。"

"哦,当然,这是我的错。什么都是我的错。"格林姆说。

这时,警棍站正了,样子很凶。

格林姆赶忙说:"别再碰我,你知道,如果我的双手是自由的话,你碰也不敢碰我。"

警棍重新靠在烟囱上,对个人所受的委屈一点儿也不计较;他是个训练有素的警察,这正是有教养的一种表现。

"我不能在别的方面帮助你一下吗?我能不能帮你从烟囱里面出来?"汤姆说。

"不行，"警棍插言道，"他已经到了只有自己帮助自己的地步；我希望，他在对付我以前，能够明白这一点。"

"哦，是啊，"格林姆说，"当然是我的错。是我自己请你们把我弄到监狱里来的吗？是我自己要求扫你们的臭烟囱的吗？是我要求你们在下面点着稻草，迫使我到顶上来的吗？

"是我自己要在这第一个烟囱里被直挺挺地夹住的吗？这个丢人的堵满了烟灰的烟囱，是我自己请求待在里面的吗？我已经待了不知多久，我相信，总有一百年了吧。喝不到啤酒，烟斗点不着，什么也没有。这种日子畜生都受不了，何况是人？"

"没错，"一个庄严的声音在后面说，"汤姆也受不了，可是，当初你正是用同样的方式对待汤姆的。"

说这话的是"你怎么待人她就怎么待你"夫人。警棍一见到她，立刻站得笔直：立正！并且深深地鞠了一躬。如果不是他心中充满了正直的精神，他这样做准会一头栽到地上，说不定还会弄伤自己的一只独眼。汤姆也行了个鞠躬礼。

"啊，夫人，"他说，"别考虑我了，一切都已经过去了，好日子、坏日子、所有的日子都已经过去了。我可以帮帮可怜的格林姆先生吗？能不能让我搬掉一些砖头，让他的胳膊活动活动？"

"你当然可以试一试。"她说。

汤姆抠住砖头，又拽又拉，但是砖头纹丝不动。他又去擦格林姆先生脸上的烟灰，但是一丁点儿烟灰也不掉下来。

"啊，天哪！"他说，"我历尽千辛万苦，走了那么多路，经过那么多可怕的地方，到这儿来帮助你，结果，我什么忙也帮不上。"

"你最好还是别管我吧，"格林姆说，"你是个宽宏大量、生性忠厚的小家伙，这是实话。你最好还是走吧，就要下冰雹了，它们会把你的眼珠从你的小脑袋里打出来。"

"什么冰雹？"

"唉，是这儿每天晚上都下的冰雹。它下来的时候是暖和的雨，可

第08章

是一到我头顶上,就变成了冰雹,打在我身上就像小炮弹一样。"

"冰雹不会再下了,"那奇异的仙女说,"以前我曾告诉过你那是什么。那是你母亲的眼泪,她在床边为你祈祷时流下的泪。但是你的心太冷了,使它们变成了冰雹。

"现在她已经升天了,不会再为她的道德败坏的儿子哭泣了。"

格林姆沉默了一会儿,然后流露出伤心的神情。

"我母亲去世了,我一句话也没有和她说上!啊!她是个好女人。如果不是为了我,不是因为我不走正道,她在温德尔的小学校里,本来是可以很快乐的。"

"温德尔的学校是她开的吗?"汤姆问道。接着,他把自己如何到了她的家,她看到扫烟囱的如何受不了,后来她又是如何好心地待他,他如何变成了水孩子,一五一十都告诉了格林姆。

"啊!"格林姆说,"她完全有理由讨厌见到扫烟囱的人的。我当初离家出走,和扫烟囱的混到了一起,还从来不让她知道我在哪儿,一个便士也不捎给她。现在已经太迟了,太迟了!"

他哭了起来,哭得抽抽搭搭,像个大孩子似的;哭得烟斗从嘴里掉下来,摔成了碎片。

"天哪,要是我能够重新变成一个小家伙,在温德尔,看看清清的小溪,看看苹果园,看看紫杉树围成的树篱,我会走一条多么不同的路!

"但是现在已经太迟了。你还是走吧,你这个好心的小家伙。别站在这儿看一个男子汉哭泣,依年龄我足够做你的父亲了。现在我垮了,我是罪有应得。我自己做的钉床,该由我自己去睡。

"我自己要脏臭,现在脏臭了。从前一个爱尔兰女子这样提醒过我。可是当时我只当耳旁风。这全是我自己的错,但是已经太迟了。"

他一边说一边哭,那模样真是惨痛,弄得汤姆也跟着哭了起来。

"没有太迟的事。"仙女说。

她的声音那么奇异、那么柔和、那么陌生,汤姆忍不住抬起头来望着她，有一刻，她竟是那样美丽，汤姆差不多以为那是她妹妹了。

确实不算太迟。可怜的格林姆哭泣抽噎的时候，他自己的眼泪做了他母亲的眼泪没有做到、汤姆没有做到、世界上任何人也做不到的事。他的眼泪洗掉了他脸上和衣服上的烟灰，然后冲掉了砖头缝里的泥灰。烟囱塌了下来，格林姆从里面脱身了。

警棍跳起来，准备狠狠地给他当头一棒，像把软木塞摁进瓶子里去一样，把格林姆赶回烟囱里去。但是，那奇异的夫人把他支到一边去了。

"如果我给你一个机会，你是否愿意服从我？"

"听您吩咐，夫人。您比我强，这个我清楚得很，您比我聪明，这一点我也清楚得很。从前我一意孤行，现在吃苦头已经够多了。所以，夫人您尽管吩咐我好了，我已经垮了，这是实话。"

"那好，那么——你可以出来了。但是记住，如果再违抗我，就让你去一个更糟的地方。"

"请原谅，夫人，据我所知，我并没有违抗过您。在来到这个受罪的地方之前，我不曾有幸见过您。"

"没见过我？是谁对你说'想脏臭的人会脏臭'的？"

格林姆仰起脸来，汤姆也仰起脸来。因为，刚才说话的声音正是那天他们一起去哈索沃的路上遇到的爱尔兰女子的声音。

"那时我警告过你，但是你前前后后有一千次不把我的话放在心上，只顾干自己的。你说的每一句脏话，你做的每一件残酷下贱的事，你每一次喝醉，你每一天所干的肮脏勾当，都是在违抗我，不管你是否知道。"

"当时我只知道，夫人……"

"你完全清楚自己在逆天行事，只不过不知道是在违抗我而已。好了，你出来吧，去试一试我给你的机会。"

格林姆从烟囱里走了出来。说实在的，如果他脸上没有那些伤疤，现在他看上去还真够干净体面，够得上一个扫烟囱的师傅的派头。

"把他带走，"她对警棍说，"给他一张释放证。"

"让他去干什么呢，夫人？"

第08章

"叫他去打扫艾特那火山口①;到那地方以后,他会找到一些以干活儿打发时光的人,那些人很老实地待在那儿,他们会教他怎样干活儿。

"但是要记住,如果火山口再堵塞、再引起地震的话,就把他们全带到我这儿来,我会很严厉地进行查处的。"

格林姆先生被警棍押走了,他温顺得就像一条淹死的虫子。

也许,说不定,直到今天为止,他还在打扫艾特那火山口呢。

"现在,"仙女对汤姆说,"你在这儿的工作已经完成,也该回去了。"

"我当然是非常高兴回去的,"汤姆说,"但是,那个洞里已经不再向上面喷水蒸气了,我怎么才能上去呢?"

"我会带你从后楼梯上去,但先得蒙上你的眼睛,我决不让任何人看到我的后楼梯。"

"如果你不把我的眼睛蒙上,我肯定不会向任何人说后楼梯的事,夫人。"

"啊哈!你现在是这样想的,我的小小伙子,但是,你回到陆地世界以后,很快就会忘记自己的诺言。一旦人们知道你上过我的后楼梯,漂亮女人就会跪在你面前,富人就会在你面前把钱袋里的钱全倒出来,政治家就会向你献上官位和权力。

"无论老少贫富,都会向你哭求:'只要把后楼梯的大秘密告诉我们,我们愿做你的奴隶;我们请你做贵族、国王、皇帝、主教、大主教、教皇,随便你愿意做什么,只要告诉我们后楼梯的秘密。'

"'几千年以来,我们一直在供养、宠爱、服从和崇拜一些江湖骗子,他们对我们说,他们知道后楼梯的秘密,并且能偷偷地带我们上去,最后我们总是失望。'

"'但是我们仍然愿意试一试,也许你真的知道一些后楼梯的事情;我们愿意给你荣誉,让你飞黄腾达,对你崇拜得五体投地。如果你告诉了

---

① 艾特那火山口:在意大利西西里岛东部。

我们,我们就可以全部去那儿朝圣,即使不能上去,也总可以躺在后楼梯脚下叫喊:

啊,后楼梯,
珍贵的后楼梯,
无价之宝后楼梯,
不可少的后楼梯,
温厚的后楼梯,
宽宏大量的后楼梯,
教养好的后楼梯,
舒服的后楼梯,
高尚仁慈的后楼梯,
通情达理的后楼梯,
让人朝思暮想的后楼梯,
让人垂涎三尺的后楼梯,
高贵的后楼梯,
令人尊敬的后楼梯,
绅士一样的后楼梯,
淑女一样的后楼梯,
经济的后楼梯,
实惠的后楼梯,
全知全能的后楼梯……

让我们能够随心所欲,而免于自食其果;让我们跳出那残酷的仙女的手掌心,那个"你怎么待人她就怎么待你"夫人!'

"碰到他们这样求你,你心里是否有一点儿想告诉他们你知道的秘密?"

当然,汤姆没有否认。

"不过,他们为什么这么想知道后楼梯的秘密呢?"他问。

刚才仙女说的一大串话使他稍微有些害怕,而且一点儿也弄不懂。

第 08 章

他并不打算泄露秘密,你也不会。

"这我不告诉你。我从不往小家伙的脑子里灌东西,除非他们自己快要明白了。好了,来吧,现在我得蒙上你的眼睛了。"

她一只手将绷带扎在汤姆的眼睛上,另一手把它解下来。

"现在,"她说,"你已经平安地上了后楼梯了。"

汤姆瞪大了眼睛,张大了嘴。因为,在他想来,他一步也没有动过啊。但是,他向四周看看,没错,他已经平安地上了后楼梯了。

后楼梯到底是什么,没有人会告诉你。原因很简单:这没有人知道呀。

汤姆第一眼看到的是黑洞洞的雪松,它们沐浴在玫瑰色的晨曦里,身影高大而清晰。宁静、宽广的银色海水,水平如镜,倒映着圣布伦丹岛的倩影。风儿在雪松的枝叶间轻轻歌唱,海水在那些洞穴中间唱着歌;一连串的海鸟一边飞向海洋,一边鸣啭;陆地上的鸟儿一边在树枝中间垒巢,一边歌唱。空中充满了歌声,连沉睡在树荫下的圣布伦丹和他的隐士们,也被惊动了,开始在梦中张开善良而古老的嘴唇,唱他们的晨之礼赞。

但是,有一支歌透过所有的歌声,越过海水传来。那是一支最甜美、最清纯的歌,因为那是一个年轻女郎的声音。

她唱的是一支什么歌呢?啊,我的小小伙子,我已经太老了,唱这支歌不合适;你呢,又太小,听不懂它。不过,耐心些,让你的目光保持单纯,让你的双手保持干净,总有一天,不需要什么人来教,你就会自己学会唱的。

汤姆靠近仙岛的时候,看到岸边岩石上坐着一位女郎,他从没见过这么优雅、这么漂亮的女郎。她垂着眼睛,一只手支着下巴,两只脚打着水。

当他们[1]来到她跟前的时候,她抬起了头,原来是艾莉。

"啊,艾莉小姐,"汤姆说,"你长得多高啊!"

---

[1] *汤姆和他的小狗。*

"啊，汤姆，"艾莉说，"你也长得多高啊！"

这一点儿也不奇怪，他们都长大了，他长成了一个高大的男子，她长成了一位美丽的女郎。

"也许我已经长大了，"她说，"我的日子已经过得够久了，我坐在这儿已经等你好几百年，都快以为你永远不会回来了。"

"好几百年了？"汤姆有些诧异，但是，他在旅途上长了那么多见识，很快就不再去想这个了。

何况，这时候他什么也顾不上去想了，脑子里只有艾莉。他就那样站着，看着艾莉，艾莉也看着他。他们觉得这样太美妙了，就站在那儿，互相看着，七年多没有说一句话，也没有动一动。

最后他们听到仙女说："听着，孩子们！你们不想再看看我了吗？"

"我们一直在看着你呀。"他们说，他们一直以为自己看的是仙女呢。

"那么，再看我一次。"她说。

他们看着她，立刻一同嚷道："啊，你到底是谁？"

"你是我们亲爱的'她怎么待你你就怎么待人'夫人。"

"不，你是善良的'你怎么待人她就怎么待你'夫人，但是你现在变得十分美丽了！"

"在你们看来是这样，"仙女说，"再看看。"

"你是嘉莉妈妈。"汤姆说，他的声音非常低沉，非常严肃。他悟出了什么东西，感到非常幸福，同时又比从前任何时候都更加感到害怕。

"但是你变得年轻多了。"他说。

"对你来说是这样，"仙女说，"再看。"

"你是我去哈索沃那天碰到的爱尔兰女子！"

他们看着她，她谁也不是，一会儿又谁都是。

"我的名字写在我眼睛里，如果你们有眼力看到的话。"

他们看着她那大大的、深邃的、温柔的眼睛，它们变幻着各种色彩，就像钻石的光芒一样。

"现在把我的名字读出来。"最后她说。

一刹那之间,她的眼睛闪出两道清澈、炫目的白光;但是,孩子们没能读出她的名字,他们感到耀眼,用双手捂住了眼睛。

"还没到时候,年轻人,还没到时候。"她微笑着说。

她转过脸来对艾莉说:"从现在起,你礼拜天可以带他回家了,艾莉。他打了一场大战,赢得了奖品,变成了一个男子汉,有资格和你一起去了。因为他做了自己不喜欢做的事。"

于是,汤姆礼拜天就和艾莉一起回家了,有时不是礼拜天也去。

现在他成了一个大科学家,能够设计铁路、蒸汽机、电报和步枪,等等。他知道一切事物的原理,只有两三件小事没有搞明白:例如母鸡的蛋为什么孵不出鳄鱼,等等,在可卡克西格斯①来到以前,那些事谁也弄不明白。

他的本领都是他在大海里做水孩子的时候学到的。

"汤姆和艾莉当然结婚了吧?"

亲爱的孩子,这个念头多么傻呀!你不知道,在童话里,王子和公主以外的人,是从来不结婚的吗?

"汤姆的狗呢?"

哦,在七月里任何一个晴朗的夜晚,你都可以在天上看到他。因为,在过去的三个炎热的夏天,旧的天狗星烧坏了。天上没有狗怎么行呢?他们只好把他取下来,让汤姆的狗来代替他。新官上任三把火,今年,我们可以指望有个温和的气候了。

我的故事讲到这儿就结束了。

---

① 可卡克西格斯:杜撰的不知什么怪名字,不存在的人。

道德教训

那么,亲爱的小小伙子,从这个寓言里,我们能学到什么呢?

我们可以学到三十七或三十九件事情,到底是多少,我也说不准。但我们至少可以学到一件重要的事情,那就是:

如果我们在池塘里见到水蜥,决不要向他们扔石头,不要用钩针去捉他们,也不要把他们和刺鱼一起关在动物园里,因为刺鱼会刺穿他们可怜的小肚子,弄得他们从玻璃缸里跳出来,落到什么人的工具箱里,结局很悲惨。

那些水蜥并不是别的什么东西,而是水孩子啊。只不过他们很笨、很脏,不肯上学、不肯保持干净;他们的脑壳变平了,嘴巴向外突出来了,脑子变小了,尾巴长出来了,肋骨消失了。我敢肯定,你不会愿意自己的肋骨消失。

他们的皮肤变得脏乎乎的,长出了许多斑点。他们从不到清爽的河水里去,更不用说去浩瀚、宽广的大海了,而只是在肮脏的池塘里沉浮着,待在烂泥里,吃虫子,他们只配那样。

但是,这并不能成为你虐待他们的理由;相反,正因为如此,你应该同情他们,对他们好,希望他们总有一天会醒悟过来,对自己的肮脏、懒惰和愚蠢的生活感到羞愧,重新变成某种比较好的东西。

也许，如果那样，他们的脑子就会长大一些，嘴巴会缩回去，肋骨会再长出来，尾巴会萎缩掉，重新变成水孩子；然后，也许，变成陆地上的孩子；然后，也许，长大成人。

你知道他们不会？很好，我敢说，你知道得很清楚。但是你看，有些人对那些可怜的小水蜥喜欢得不得了。水蜥从不伤害任何人，或者，即使他们想伤害谁，也伤害不了。

他们唯一的错在于他们毫无用处，就像成千上万比他们高级的动物一样。但是鸭子、狗鱼、刺鱼、水甲虫、淘气的小男孩他们呢？他们像苏格兰人所说的那样，"被人家整治得很惨"。

这是不公正的。有些人忍不住向善良的巴特勒主教提出，希望再给他们一次机会，在某个地方、某个时间，以某种方式，把事情做得公平一些。

至于你，你要好好地学习你的功课，感谢上帝给你那么多的凉水洗东西，也洗你自己，像一个真正的英国人那样。

如果那样的话，即使我的故事不是真的，也有一些更好的东西是真的；即使我说的不十分正确，你依然是正确的，只要你坚持努力工作、坚持使用凉水。

但是要记住，千万别忘记，就像我开始所说的那样，这完全是一个童话，只是说着玩玩而已。所以，你一个字也不必相信，即使它是真的。

后任务群

1. 经历了重重险阻后，汤姆成了一个真正的男子汉，格林姆也不再贪婪无情。仔细想想，是什么使他们有了这样的变化？

2. 在水世界里都有哪些海洋生物呢？请你根据书本的内容，结合生活中你所熟知的海洋生物，画出表格，对比认识一下吧！

3. 《水孩子》出版后非常受欢迎，书中留下了许多可以续写的点，比如：
   ★ 艾莉和汤姆一起回家后，他们之间还会发生什么有趣的事？
   ★ 格林姆会安于现状，一直打扫火山口吗？
   ★ 成了科学家的汤姆会有什么新发现？
   选择一个你感兴趣的内容，大胆地展开想象，跟朋友或家人说说你精彩的设想吧！

4. 请你为《水孩子》设计一份阅读宣传单，可以是纯图案，也可以图案和文字结合，让更多的人了解这个奇特的故事、喜欢上这本书吧！

赏 析

水孩子的成长历程

杨 磊　张贵斌

这是一本天马行空的童话故事书。扫烟囱的小男孩汤姆是个淘气、顽皮的孩子。他的童年很不幸，从来不知道自己的爸爸妈妈是谁，被他的师傅格林姆雇用，整天在烟囱里爬上爬下，清扫烟尘。虽然他受尽师傅的虐待，但还是坚强地面对所有的困难，继续对未来怀着美好的憧憬。在一次打扫庄园烟囱的工作中，汤姆不幸被误当成贼追赶，在经历了狼狈的逃跑后，疲惫万分的他迷迷糊糊跳入河里，神奇地变成了一个水孩子。

在仙女的保护和指引下，汤姆在水中自由自在地玩耍，后来去了仙女岛与其他水孩子共同生活。为了使顽皮的汤姆成为一个真正的男子汉，仙女交给他一个使命——拯救师傅格林姆。汤姆游历了许多奇怪的国度，碰见了许多奇怪的人，还见到了海洋生物的造物主——伟大的嘉莉妈妈。汤姆最终完成了使命，他帮助师傅悔改，同时自己也成长为一个热爱真理、正直、勇敢的人。

这本书充满了智慧和幻想，在作者生动奇特的想象之下，故事平缓而又曲折，好像一条清澈的溪流顺着山势流淌，有时宁静平和，有时活泼欢快，有时惊心动魄，一切顺理成章，却总有出人意料的惊喜。这本书看似情节简单，却蕴藏着丰富的内涵，细读起来也丝毫不冰冷生硬，而是妙趣横生，让人感到亲切。它告诉了我们这样一个道理：要做诚实、善良、勇敢的人，与他人友好相处。生活中，要像汤姆那样，面对艰难勇于用自己的智慧克服，还要正确地面对自己的缺点和不足，及时改正，不断完善自己，成为国家栋梁之材，这样，我们的社会才能更加和谐。

相信不同年龄的人都能从中发现珍宝。比如，我们可以从字里行间体会到语言的魅力，感受到大自然的美妙："其余的一切都默不作声，因为大地老夫人还在沉睡。就像许多可爱的人一样，她显得比醒着时更加可爱。那些巨大的榆树，沉睡在金光和绿色交映的草地上，树下睡着奶牛。附近的云也在沉睡，它们很困了，就躺在大地上休息，在榆树的树干之间，在溪边赤杨树的树顶上，拉得长长的，白色的一小片一小片和一条一条的，等待太阳出来吩咐它们起床，在清澈的蓝天下忙碌一天的事情。"这段文字中，地球和白云似乎都活了过来，有了自己的感受。

  我们也可以感受到作者那神奇的想象："你知道，世界上最最美妙奇异的事物，正是那些谁也见不到的事物。你的身体里面有生命，正是你身体里面的生命使你生长、行动和思考，但是你见不到这个生命；蒸汽发动机里有蒸汽，正是蒸汽使发动机转动，但是你见不到蒸汽。所以，世界上是可能有仙女的。无论如何，我们假装有仙女吧。有许多时候，我们不得不假装，这一次并不会是最后一次。不过，其实也并没有必要假装，必须有仙女，因为这是个童话故事；如果没有仙女，哪儿来童话故事呢？"

  这是一场奇特惊险的神奇之旅。汤姆落水没有被淹死而是变成了水孩子，进入一个神奇的世界，开启了一段离奇的旅程。水世界中有各种奇趣的见闻：美轮美奂的世外仙境，打扫恢复海岸的水孩子，守护仙女岛的水蛇，日夜转圈奔跑的巨人，不准游戏只准学习的大头萝卜人……这一切给这个与世隔绝的水世界涂上了浓重的神秘色彩。这一切合情合理又超乎想象，引人入胜又发人深思。

  这是一次关爱和唤醒的温馨之旅。生活中有坎坷和磨难，但总有人默默地给予关爱和引导，用善良温暖人心，用爱唤醒迷失的心灵。备受师傅折磨的汤姆一直受仙女的保护，变成水孩子后自由自在，从没有感受到父母之爱的汤姆还受到"她怎么待你你就怎么待人"仙女的爱抚，是多么幸福。"你怎么待人她就怎么待你"仙女对他惩罚，进行耐心的训诫，帮他改掉了恶习，唤醒了他内心深处的善。仙女让汤姆找到格林姆并感化他。内心冰冷、言语粗俗的格林姆被困在烟囱里依然不知悔改，对汤姆的帮助毫不领情，当仙女告知他每天承受的冰雹是他母亲的眼泪变的，如今母亲已经去世时，他才终于反省自己的错误，爱的力量融化了他心头的坚冰，化作悔恨的泪水，冲掉他身上的污物。格林姆从烟囱中出来，又一颗迷失的心重回正途。仙女们每天忙碌着帮人去恶存善，用不同的方式点醒人们。仔细想想，我们身边不也有这样的仙女吗？作品中到处弥漫着爱的温馨：汤姆被追捕时，温德尔小学的老妇人给他牛奶、面包；追捕他的约翰爵士及仆人们误以为他死去之后，后悔痛哭，并给他立了墓碑；艾莉成了汤姆的老师，给他讲授知识，二人互相讲述经历，成了好朋友……这一切使作品读起来如沐春风，让人内心柔软、温暖、明净、美好。

　　这是一段探寻成长的突破之旅。人不管年龄多大，能发现、唤醒自己的内心，勇敢地面对一切，让自己变得优秀、强大，这就是成长。成长从发现开始。扫烟囱的汤姆跟凶狠的师傅一起时，是混沌、粗野的，当他在庄园看到干净整洁的房间和天使一样美丽的艾莉，以及镜子里的自己时，才第一次明白了"美"和"丑"，第一次向往美而为自己的脏感到羞惭，第一次审视并想要改变自己。汤姆开始认识自己，这是他成长的起点。初到水世界，汤姆还是像以前一样顽皮。在水里，他经常跟各种动物捣蛋，其他的水孩子就在附近，可他看不到，只能孤独、困苦地寻觅，当他帮助被困的龙虾之后，他才找到了伙伴。后来"你怎么待人她就怎么待你"仙女让他学会了为自己的行为承担后果，做坏事就要受到惩罚，他开始向善，从点滴小事做起，不断改进与完善自己，这是修炼内心的成长。后来仙女派他去帮助师傅摆脱困境，因为，人总要去做一些自己不愿做的事，帮助不愿帮助的人。一开始，汤姆很不愿意去，因为他非常怕师傅会再次把他变成扫烟囱的小孩。但最终汤姆战胜了自己，鼓起勇气去帮助自己的师傅。他为了助人而挑战自我，变得豁达、包容，这是不断超越自己、突破自我的成长。他一直追求着真、善、美，终于在经历了各种考验之后，变成了一个善良、可爱的水孩子，成为一个真正的男子汉。发现自我、完善自我、突破自我，这就是成长的轨迹。

　　在这个童话里，温馨而幸福的水底世界与残酷无情的人间世界形成了鲜明的对比，作者把丰富的知识与天马行空的想象糅合在一起，情节曲折离奇。作品中，关于大自然的描写都极其真实而且生动。作家还在作品中运用比喻的手法指出了一条重要真理：人类不劳动就要退化。

孩子是未来，更是希望。在《水孩子》这个童话世界里，作者表现出对孩子身心健康成长的关注，小汤姆的成长蜕变以及对理想世界的向往追求，本质上是对人性中真善美的呼唤。

　　成长是一个永恒的话题。好的故事总让人回味，给人无尽的遐想和启迪。汤姆就如同困在茧中的蛹，通过坚韧的挣扎与拼搏，努力蜕变，最终化成美丽的蝴蝶尽情飞舞。这本书呈现给我们丰富瑰丽的想象，对未知世界的探寻，对友爱、真诚和勇敢的追求，对自身的发现和省悟，引领我们不断迎接新挑战。成长的路上，我们砥砺前行！